티파니에서 아침을

BREAKFAST AT TIFFANY'S by Truman Capote

Copyright © 1950, 1951, 1956, 1958 by Truman Capote
Copyright renewed 1978, 1979, 1984 by Truman Capote
Copyright renewed 1986 by Alan U. Schwartz
All rights reserved.

Korean Translation Copyright © 2013 by Sigongsa Co., Ltd.
This translation is published by arrangement with Random House, an imprint of Random House Publishing Group, a division of Random House, Inc. through Imprima Korea Agency.

이 책의 한국어판 저작권은 Imprima Korea Agency를 통한 Random House, an imprint of Random House Publishing Group, a division of Random House, Inc.와의 독점 계약으로 (주)시공사에 있습니다.
저작권법에 의해 한국 내에서 보호를 받는 저작물이므로 무단전재와 무단복제를 금합니다.

BREAKFAST AT TIFFANY'S

티파니에서 아침을
트루먼 커포티

박현주 옮김

시공사

잭 던피에게

차례

티파니에서 아침을   9

—

옮긴이의 말
비열한 도시의 사랑스러운 여행자, 홀리 골라이틀리
159

트루먼 커포티 연보
171

나는 항상 내가 살았던 곳, 집과 그 동네에 끌리곤 한다. 가령, 2차 세계대전 초기에 이스트 70번지에 있던 사암 건물. 내가 처음 뉴욕에 와서 살았던 아파트였다. 방이 한 개밖에 없었는데, 소파라든가 노면 전차 위에서 보내는 뜨거운 한낮이 연상되는 빨간색의 까끌거리는 벨벳 천을 씌운 폭 넓은 의자 같은 다락방용 가구들이 들어차 비좁기 그지없었다. 회반죽벽은 담배 씹다 뱉은 침 같은 색깔이었다. 욕실은 물론, 어딜 보나 세월의 때가 찌들어 갈색 점이 콕콕 박힌 로마 시대 유적 포스터가 붙어 있었다. 하나밖에 없는 창문에서는 화재 비상구가 내다보였다. 그렇다고는 해도 주머니 속에서 아파트 열쇠를 더듬어볼 때면 기운이 솟았다. 음울하기 짝이 없는 집이었지만, 그래도 처음으로 생긴 나만의 공간이었으니까. 게다가 내 책들, 뾰족하게 깎은

연필이 든 단지, 언젠가 되고 싶었던 작가의 꿈을 이루기 위해 필요한 모든 것들이 있다는 기분이 드는 곳이었다.

그 시절에는 한 번도 홀리 골라이틀리에 대해 써야겠다는 생각을 해본 적이 없었다. 지금도 아마 조 벨과 대화를 하다가 그녀에 대한 기억이 다시 살아나 움직이지 않았더라면 쓸 생각은 하지 않았으리라.

홀리 골라이틀리는 그 오래된 사암 건물의 세입자였다. 바로 내 아래층 아파트에서 살았다. 조 벨로 말하자면, 렉싱턴 대로 모퉁이에 있는 술집 주인이었다. 지금도 아직 그 술집을 하고 있다. 홀리와 나 둘 다 하루에 예닐곱 차례씩 그 술집에 들르곤 했다. 언제나 술을 마시러 갔던 건 아니고, 가끔은 전화를 걸려고 가기도 했다. 전쟁 중에는 개인 전화는 연결하기 어려웠다. 더욱이 조 벨은 오는 전화도 잘 받아주었는데, 홀리의 경우에는 걸려오는 전화가 엄청났기 때문에 사소한 친절이 아니었다.

물론 이 모든 것이 오래전의 일이었다. 나도 지난주에서야 오랜만에 조 벨을 다시 보았다. 이따금 연락도 하고 간간이 그 동네를 지날 때면 그 술집에 들른 적은 있었다. 하지만 실로 애초부터 우리는 둘 다 홀리 골라이틀리의 친구였을 뿐 그렇게 막역한 친구 사이는 아니었다. 조 벨은 본인도 인정하듯이 쉬운 성격은 아니었다. 조는 자기가 독신이고 속이 쓰리기 때문에 그렇다고 한다. 그를 잘 아는 사람이라면 그가 편하게 말할 수 있는 사람은 아니라고 할 만했다. 그가 애착을 갖는 대상에 호감을 나눠 갖지 않는다면 대화는 불가능했다. 홀리는 그 대상 중 하나였다. 다른 것들도 몇 가지 있었다. 아이스하키나 바이마라너 사냥개, 〈아워 갈 선데이Our Gal Sunday〉(조가 15년간 청취했던 라디오 드라마 제목이다), '길버트와 설리번 오페레타'. 조는 길버트인가 설리번인가 둘 중 하나와 먼 친척간이라고 우긴다. 어느 쪽이라고 했는지는 기억이 나지 않지만.

그래서 지난 화요일 늦은 오후, 전화가 울리고 "조 벨이야"라는 말을 들었을 때 홀리 일이라는 것을 짐작했다. 조는 대놓고 그렇게 말하지는 않았다. 그저 "지금 여기로 좀 와줄 수 있나? 중요한 건이라서"라고 했을 뿐이지만, 쉬지근한 목소리에는 들뜬 기색이 어려 있었다.

쏟아지는 10월의 빗속에서 택시를 잡았다. 가면서 홀리가 거기 왔을지도 모른다는 생각까지 했다. 그러면 홀리를 다시 볼 수 있다고.

하지만 술집에는 주인 말고는 아무도 없었다. 조 벨의 가게는 다른 렉싱턴 대로 술집에 비하면 조용한 곳이었다. 네온 간판이나 텔레비전을 내세우는 곳도 아니었다. 오래된 거울 두 개가 거리 날씨를 비추었다. 바 뒤, 아이스하키 스타들 사진으로 둘러싸인 틈새에는 조 벨이 싱싱한 꽃을 주부처럼 꼼꼼하게 꽂아 놓는 커다란 꽃병이 있었다. 내가 들어갔을 때도 조는 바로 꽃을 매만지고 있었다.

"당연히." 그는 글라디올러스 한 송이를 꽃병 깊숙이 꽂으며 말했다. "당연히, 자네 의견을 원하지 않았다면 여기 오라고 하지도 않았을 거야. 특이하거든. 무척 특이한 일이 일어났어."

"홀리 소식 들었어요?"

조는 어떻게 대답할지 자신이 없는 듯 이파리 하나만 만지작거렸다. 멋진 두상에 뻣뻣한 머리카락이 희게 세어버린 조는 체구가 작았지만, 얼굴은 뼈가 두드러지고 턱이 앞으로 나와서 키가 훨씬 큰 사람에게 어울릴 법했다. 피부는 항상 햇볕에 그을린 듯했어도 지금은 한층 더 불그스레했다. "홀리에게 소식을 들었다곤 할 수 없지. 그러니까 내 말은, 잘 모르겠다는 거야. 그래서 자네 의견이 필요한 거고. 술 한 잔 만들어주지. 새로운 걸로. 이름은 화이트엔젤이라고 하는 건데." 그는 보드카 반, 진 반을 섞고 베르무트는 섞지 않았다. 내가 술을 마시는 동안 조 벨은 툼스*를 빨아 먹으며 서서 내게 할 말을 마음속으로 짚어보는 듯했다. 그러더니 이렇게 말했다. "I. Y. 유니오시인가 하는 사람 알아? 일본에서 왔다는 친구."

"캘리포니아 출신이에요." 나는 유니오시 씨를 똑똑히 떠올리며 대답했다. 그는 어떤 사진 잡지에서 일하는 사진작가였고,

---

*역류성 식도염 등에 먹는 진정제 알약.

알고 지내던 때에는 그 사암 건물의 맨 꼭대기 원룸에 살았다.
"괜한 말로 헷갈리게 하지 마. 내가 물어보고 싶은 건, 누구 말하는지 아느냐는 거지. 그래. 간밤에 다른 사람도 아닌 바로 이 I. Y. 유니오시 씨가 여기 사뿐사뿐 들어왔지 뭔가. 그 사람 못 본 지가 꽤 됐는데. 2년 넘었던가. 그 사람이 2년 동안 어디 갔다 왔을 것 같아?"

"아프리카요."

조 벨은 툼스를 우적우적 씹다 말고 실눈을 떴다. "어떻게 알았나?"

"윈첼* 칼럼에서 읽었는데요." 사실 말 그대로였다.

조는 현금출납기를 땡 울리더니 마닐라 봉투를 하나 꺼냈다. "그래, 그래도 윈첼에서 이것도 봤나 보자고."

봉투 안에는 사진 석 장이 들어 있었다. 다 다른 각도에서 찍기는 했지만 엇비슷한 사진들이었다. 얼룩덜룩한 사라사 치마를 입은 흑인 남성이 수줍지만 약간 허영기 어린 미소를 띠고 손에 이상한 목각을 들고 있었다. 두상을 길게 늘린 듯한 조각으로, 여자의 매끈하고 짧은 머리카락은 소년 같았고, 부드러운 나무 눈은 아래턱으로 갈수록 좁아지는 얼굴에는 너무 크고 갸웃하는 표정을 띠었다. 과하게 꼭 다문 입은 넓어서 광대 입술

---

*월터 윈첼. 당시 유명하던 가십 칼럼니스트.

과 별반 다르지 않았다. 언뜻 보기에는 보통의 원시 목각과 닮았다. 하지만 원시 조각은 아니었다. 여기 있는 이 조각은 홀리 골라이틀리를 빼닮았기 때문이었다. 적어도 검은색 물체가 사람을 닮을 수 있는 한계에서는 최대로 닮았다.

"자, 이제 어떻게 생각하나?" 어안이 벙벙한 내 모습에 조 벨은 만족한 듯했다.

"그 사람 닮았네요."

"무슨 말이야." 그는 한 손으로 바를 탁 쳤다. "그 애야. 내가 바지 입는 남자라는 것만큼이나 확실하지. 그 꼬맹이 일본인은 보자마자 홀리인 걸 알았다는데."

"봤대요? 아프리카에서요?"

"뭐, 거기 있던 목각만 봤다는 거지. 하지만 똑같은 것 아냐. 자네가 직접 읽어봐." 조는 사진 한 장을 뒤집었다. 뒷면에는 이렇게 쓰여 있었다. "목각, 이스트앵글리아, 토코쿨, S족, 1956년 크리스마스 날."

"여기 일본인이 한 말이 있어." 이야기는 이러했다. 크리스마스 날, 유니오시 씨는 카메라를 들고 토코쿨을 지나갔다. 온갖 풀과 나무가 얽힌 한가운데 이름도 없고 관심도 없는 마을이었다. 그저 마당에는 원숭이가, 지붕 위에는 말똥가리가 노는 흙 오두막이 몇 채 옹기종기 모인 촌락일 뿐이었다. 그래서 유니오시 씨는 막 다른 데로 가려던 때, 불현듯 문간에 앉아 지팡이에

원숭이를 새기는 흑인을 보았다. 그는 감명을 받고 그 원주민이 만든 작품들을 좀 더 봐도 되겠느냐고 부탁했다. 그러다 여자 두상 목각을 보았다. 가만히 보고 있노라니, 그는 꿈에 빠지는 기분이 들었다고 조 벨에게 말했다 한다. 하지만 그 조각을 사겠다고 하자 흑인은 한 손으로 자기 주요 부위를 가리면서(아마도 자기 심장을 톡톡 치는 동작에 비할 부드러운 몸짓인 듯하다) 안 된다고 했다. 소금 한 파운드와 10달러, 손목시계와 소금 두 파운드와 20달러, 아무것도 원주민을 흔들지 못했다. 유니오시 씨는 무슨 일이 있어도 어떻게 그 조각이 만들어졌는지 알아야겠다고 굳게 마음먹었다. 그 얘기를 듣자고 소금과 시계를 내놓아야 했고, 설명은 아프리카어와 피진 영어*, 손짓으로 이루어졌다. 그해 봄, 백인 세 명이 말을 타고 덤불 속에서 나타났다는 듯했다. 젊은 여자 한 명과 남자 두 명. 남자들은 둘 다 열병 때문에 눈이 벌게서 몇 주 동안 동떨어진 오두막에 문을 걸어 잠그고 몸을 부들부들 떨면서 앓았지만, 여자는 곧 목각 새기는 이에게 반해서 그의 깔개에서 함께했다고 한다.

"그 부분은 못 믿겠어." 조 벨은 짐짓 결벽을 보이며 말했다. "홀리가 제멋대로인 건 알지만, 그런 짓까지 하리라고는 생각지 않아."

---

*아프리카어와 영어가 혼합된 언어.

"그다음엔요?"

"그다음엔 아무것도 없지." 조는 어깨를 으쓱했다. "이윽고 온 데로 가버렸대, 말을 타고."

"혼자요, 아니면 두 남자랑 같이요?"

조 벨은 눈을 깜박였다. "두 남자랑 같이 간 것 같아. 그래서 이 일본 친구는 그 나라 여기저기 돌아다니며 홀리 행방을 수소문하고 다녔다던데. 하지만 그 밖에 홀리를 봤다는 사람은 없었다더군." 조도 자신에게 전해진 내 실망감을 느낀 듯했지만, 그는 그 기분을 함께 나누려 하지 않았다. "한 가진 인정해야지. 이게 유일하게 확실한 소식이잖나. 몇 년 만인지도 모르겠는데……." 조는 손가락을 꼽아보았다. 열 손가락으로도 모자랐다. "내가 바라는 건, 홀리가 돈이 좀 있었으면 하는 것뿐이야. 돈은 좀 있겠지. 아프리카에서 빈둥빈둥 돌아다니려면 돈이 많아야 할 것 아닌가."

"홀리는 아프리카 땅을 디뎌본 적도 없을걸요." 나는 진심으로 말했다. 그래도 홀리가 아프리카에 간 모습을 그려볼 수 있었고, 어딘가 떠났다면 그곳일 수도 있었다. 게다가 목각 두상이 있지 않은가. 나는 사진을 다시 들여다보았다.

"잘도 아네. 그럼 홀리가 지금 어디 있는데?"

"죽었겠죠. 아니면 정신병원에 있든가. 아니면 결혼이라도 했겠죠. 홀리는 결혼해서 조용히 정착해서 살지 몰라요. 어쩌면 바로 이 도시에."

조는 잠시 생각해보았다. "아니야." 그는 고개를 저었다. "이유를 말해주지. 홀리가 이 도시에 있다면 내가 본 적이 있을 거야. 걷기 좋아하는 사람이 있다고 해봐. 나 같은 사람. 이 도시를 10년에서 12년이나 걸어 다니고 있는 남자가 있어. 그동안 한 사람만을 찾고 있었지. 그런데도 그 여자를 전혀 찾지 못했다면 여기 없다고 생각하는 게 이치에 맞지 않아? 난 항상 홀리의 조각만이라도 찾아다녔다고. 납작하고 작은 엉덩이, 빠르고 똑바로 걷는 깡마른 여자⋯⋯." 그는 빤히 쳐다보는 내 시선을 지나치게 의식한 듯 말을 멈추었다. "내가 정신이 나간 것 같아?"

"그저 조가 홀리를 얼마나 사랑했는지 미처 몰랐던 것 같아서요. 그런 식으로는요."

그 말을 해놓고 후회했다. 조의 심기를 거슬리고 말았다. 그는 사진을 그러모아 봉투에 도로 넣었다. 나는 시계를 들여다보았다. 달리 갈 곳은 없었지만 슬슬 일어서는 편이 좋을 듯했다.

"잠깐." 그는 내 손목을 잡았다. "확실히 그 애를 사랑했지. 하지만 그 애에게 손대고 싶었다거나 그런 건 아닐세." 그는 웃음기 하나 없이 덧붙였다. "그런 면을 생각하지 않는다는 건 아냐. 내 나이에도 말이지. 이제 1월 10일이면 예순일곱이 돼. 참 기이한 사실이지. 하지만 늙어갈수록, 그런 면이 점점 더 생각

나는 듯해. 내가 어렸을 땐 그런 생각을 얼마나 했는지 기억조차 안 나. 그런데 지금은 1분 걸러 1분은 생각하지. 어쩌면 늙을수록 생각을 행동에 옮기기가 더 어려워지기 때문인지도 몰라. 그래서 머릿속에 그 생각이 꽉 막혀서 부담이 되어버리는지도 모르지. 신문에서 늙은이가 추태를 부리다가 망신당했다는 기사를 읽으면, 이런 부담 때문이라는 걸 안다네. 하지만." 그는 위스키 한 잔을 따르고 깔끔히 마셔버렸다. "난 절대 추태를 부리지 않을 거야. 게다가 맹세컨대, 홀리를 두고 그런 생각은 추호도 하지 않았네. 그런 생각 없이도 사람을 사랑할 수 있지. 사랑하면서도 낯선 사이로 남을 수 있어. 친구이면서 낯선 사람."

남자 두 명이 술집으로 들어왔다. 이제 떠날 시점인 듯했다. 조 벨은 나를 문까지 배웅했다. 그는 내 손목을 다시 잡았다. "자네, 믿나?"

"홀리에게 손대려는 마음이 없었다는 말요?"

"아프리카 말일세."

그 순간 난 그 이야기는 잊어버린 듯했다. 오로지 홀리가 말을 타고 떠나는 모습만이 그려졌다. "어쨌든 홀리는 사라졌네요."

"그래." 조는 문을 열었다. "그냥 사라졌지."

밖, 비는 그쳤고 공기 중엔 물안개만이 피어 있었다. 나는 모퉁이를 돌아 그 사암 건물이 서 있던 거리까지 걸어갔다. 여름엔 나무들이 도로에 시원한 무늬를 그리는 거리였다. 하지만 지금은 잎이 누렇게 변해 떨어져버렸고, 비에 젖어 길이 미끄러웠다. 갈색 사암 건물은 그 블록 한가운데, 푸른 시계탑이 있는 교회 옆에 있었다. 건물은 내가 살던 시절 이후로 깨끗하게 개비했다. 오래된 젖빛 유리 대신에 말쑥한 검은 문으로 바뀌었고, 창문엔 우아한 회색 셔터가 달렸다. 내가 기억하는 사람 중에 거기 사는 이는 마담 사피아 스파넬라 말고는 없었다. 매일 오후마다 센트럴파크로 롤러스케이트를 타러 가는 허스키한 콜로라투라*였다. 마담이 아직도 거기 산다는 사실을 아는 까닭은 계단을 오르면서 우편함을 봤기 때문이었다. 내가 홀리 골라이틀리의 존재를 처음 깨달은 것도 그 우편함 때문이었다.

---

*화려한 기교를 전문으로 하는 소프라노 가수.

그 아파트에 일주일 남짓 살았을 무렵, 문득 2호 아파트 우편함의 이름 칸에 끼어 있는 기이한 카드를 보았다. 카르티에 식으로 정중하게 인쇄된 명함에는 "홀리데이 골라이틀리 양"이라는 이름이 있고, 그 아래 모서리에는 "여행 중"이라고 적혀 있었다. 그 글씨는 왠지 노랫가락처럼 내 마음속에서 빙빙 돌았다. "홀리데이 골라이틀리 양, 여행 중."

어느 날 밤, 12시도 한참 지났을 무렵 위층의 유니오시 씨가 계단 아래로 고함치는 소리에 잠에서 깼다. 그는 맨 꼭대기 층에 살았으므로, 짜증 섞인 매서운 목소리는 건물 안 전체를 타고 내려왔다. "골라이틀리 양! 항의할 거예요!"

아래층에서 우물처럼 솟아 돌아오는 목소리는 멍청할 정도로 어리고 장난기 어린 말투였다. "어머나, 자기. 미안해라. 그 망할 열쇠를 또 잊어버렸지 뭐예요."

"그렇다고 내 집 초인종을 계속 눌러대면 어떡해요. 제발, 제발 열쇠 좀 하나 만들어요."

"하지만 죄다 잃어버리는데."

"난 일하는 사람이고, 잠을 자야 한다고요." 유니오시 씨가 소리쳤다. "하지만 이렇게 내 집 초인종을 눌러대니……."

"어머, 화내지 마세요, 귀여운 아저씨. 다신 안 그럴게요. 화내지 않겠다고 약속하면……." 여자가 계단을 올라오는지 목소리가 더 가까워졌다. "전에 말한 사진을 찍도록 해줄지도 모르는데."

이제 나는 침대에서 일어나 문을 빠끔 열었다. 유니오시 씨의 침묵이 들려왔다. 들었다라고 하는 까닭은 귀에 뜨이게 변한 숨소리가 따라왔기 때문이었다.

"언제?"

여자는 웃음을 터뜨리며 어물쩍 대답했다. "언젠가."

"언제라도." 남자는 말하면서 문을 닫아버렸다.

나는 복도로 나가 눈에 뜨이지 않을 정도로만 난간 밖으로 몸을 내밀었다. 여자는 아직도 계단에 서 있었다. 이제는 계단참에 다 올라, 소년처럼 짧고 색깔이 뒤섞인 머리카락이 보였다. 간간이 섞인 황갈색 머리카락, 알비노처럼 하얀 금발과 노란 머리채가 복도 불빛에 비쳤다. 여름에 가까운 따뜻한 저녁이었고,

여자는 날씬하고 시원한 검은 드레스에 검은 샌들을 신었으며, 진주 초커를 걸고 있었다. 세련되게 마른 몸매였지만 아침 식사용 시리얼처럼 건강하고 비누와 레몬처럼 청결한 분위기를 풍겼으며, 거친 분홍빛이 뺨을 짙게 물들였다. 커다란 입에 위로 들린 코. 검은 선글라스가 눈을 가렸다. 유아기를 넘어선 얼굴이었지만 아직 어른 여성의 이편으로 넘어왔다 할 수는 없었다. 나는 여자가 열여섯에서 서른 사이 어디쯤이리라고 짐작했다. 나중에 알게 된 사실이지만 열아홉 살 생일이 고작 두 달밖에 남지 않았을 때였다.

여자는 혼자가 아니었다. 뒤에 따라오는 한 남자가 있었다. 여자의 엉덩이를 움켜쥔 통통한 손은 약간 부적절해 보였다. 도덕적인 면이 아니라, 미적인 면에서. 그는 키가 작고 몸통이 거대했으며 햇볕에 탔고 포마드를 발랐다. 몸을 감싼 핀스트라이프 정장 옷깃에 꽂은 카네이션은 시들시들했다. 집 문 앞에 이르자, 여자는 열쇠를 찾아 가방 속을 더듬었다. 남자의 두꺼운 입술이 자기 목덜미를 비비고 있다는 사실은 전혀 눈치채지 못하는 듯했다. 하지만 마침내 열쇠를 찾아 문을 연 여자는 남자에게 사근사근하게 돌아섰다. "복 받을 거예요, 자기. 다정하게 집까지 바래다주다니."

"어이, 이거 봐!" 문이 면전에서 닫히자 남자가 말했다.

"네, 해리?"

"해리는 다른 남자였고. 난 시드잖아. 시드 아벽. 너 날 좋아하잖아."

"당신을 숭배하죠, 아벽 씨. 하지만 좋은 밤 보내요, 아벽 씨."

문이 쾅 닫히자, 아벽은 못 믿겠다는 듯 빤히 쳐다보았다. "어이, 자기. 나 좀 들여보내줘. 날 좋아하잖아. 나 인기 많은 남자라고. 내가 계산도 다 하지 않았나. 다섯 명분이나. 당신 친구들까지. 이전에 얼굴이나 본 적 있는 사람들이었어? 그 정도면 당신이 나를 좋아해야 마땅한 거 아냐? 나 좋아하잖아, 자기."

남자는 처음에는 문을 살살 두드렸지만 나중에는 소리가 더 커졌다. 급기야 몇 발짝 뒤로 물러나더니, 문으로 돌진해 부수려는 듯 몸을 웅크려 낮췄다. 하지만 대신에 계단 아래로 뛰어 내려가며 주먹으로 벽을 쾅 쳤다. 남자가 바닥에 이르렀을 때, 아파트 문이 열리더니 여자가 머리를 비죽 내밀었다.

"아, 아벽 씨……."

남자는 뒤를 돌아보았다. 안도의 미소가 얼굴 위에 기름처럼 반들거렸다. 그저 장난치는 것뿐이었군.

"다음번에 여자가 화장 고치러 가게 잔돈 좀 달라고 하면 말이죠." 여자는 전혀 장난기 없이 말했다. "제 충고 잘 들어요, 자기. 달랑 20센트만 주지 말라고요!"

그녀는 유니오시 씨와 한 약속을 지켰다. 아니, 그의 집 초인종을 다시 누르지는 않았던 것 같다. 대신 다음 날부터는 내 집 초인종을 누르기 시작했다. 어떤 날은 새벽 2시에도, 3시나 4시에도. 몇 시가 되었든 아래층 문을 열어달라고 초인종을 눌러 나를 침대에서 끌어내도 양심의 가책 따윈 느끼지 않았다. 나는 친구가 거의 없는 데다 그렇게 늦게 들를 사람은 없었기 때문에, 그녀라는 것은 늘 알고 있었다. 하지만 이런 일이 생긴 후 처음 몇 번은 문으로 갈 때마다 반쯤은 나쁜 소식을, 전보를 기대하고 있었다. 하지만 골라이틀리 양이 부르곤 했다. "미안해요, 자기. 열쇠를 잊어버리고 갔나 봐."

물론 우리는 만난 적은 없었다. 실은 계단이나 길에서 가끔은 얼굴을 맞닥뜨리기도 했지만, 그녀는 딱히 나를 보는 것 같진 않았다. 선글라스를 벗은 적이 없었고, 항상 말끔하게 꾸미고 다녔다. 옷은 소박했으나 그 안에는 일관적인 고급 취향이 서려 있었다. 푸른색과 회색 바탕에 광택은 없는 의상 덕에 그녀 자체에서 빛이 흘렀다. 누가 보면 사진 모델이라고 생각할 수도 있었고 젊은 여배우로 오해할 것도 같았다. 다만 돌아다니는 시간으로 봐서 어느 쪽도 될 만한 시간이 없다는 것은 분명했다.

이따금 우리 동네 바깥에서 만날 때도 있었다. 한번은 나를 찾아온 친척이 '21'*에 데려가주었는데, 거기 특석에 네 명의 남자에게 둘러싸인 골라이틀리 양이 있었다. 남자 넷 중에 아벅은 없었지만, 누구든 아벅으로 바꿔도 하등 다를 게 없는 사람들이었다. 그녀는 나른하게 남들 다 있는 자리에서 머리를 빗고 있었다. 그녀의 표정에 눈에 띄지 않는 하품기가 어려 있어, 그처럼 사치스러운 곳에서 식사를 한다고 들떴던 나의 기분에 찬물 같은 걸 끼얹었다. 여름도 깊던 어느 날 밤에는 방 안의 더위를 견디다 못해 길로 나섰다. 3번 대로를 내려가다 51번가로 돌아가는 모퉁이에 있는 골동품 가게 진열장을 지나쳤는데, 그 안에 있는 물건이 몹시 마음에 들었다. 뾰족탑이 있는 회교 사원 모양 지붕과 말 많은 앵무새가 들어오길 간절히 기다리는 대나무 방이 있는 궁전 모양 새장이었다. 하지만 가격이 350달러나 했

*유명인들이 많이 찾는 뉴욕의 고급 레스토랑.

다. 집에 오는 길에 P. J. 클라크 살롱 앞에 택시 기사들이 와글와글 모여 있는 것을 보았다. 위스키에 눈이 풀려 저음으로 〈왈츠 추는 마틸다〉를 합창하는 호주 장교들의 유쾌한 무리를 보고 온 듯했다. 장교들은 노래를 하면서 고가도로 아래 자갈길 위에서 한 여자와 돌아가며 춤을 추었다. 다름 아닌 골라이틀리 양이었다. 그녀는 스카프처럼 가볍게 그들의 품 안을 떠다녔다.

하지만 골라이틀리 양이 초인종을 편리하게 이용하는 목적 외에 내 존재를 계속 인식하지 못했다 하더라도, 나는 여름을 보내며 그녀에 관한 한 권위자가 되었다. 나는 골라이틀리 양의 문 밖에 놓인 휴지통을 살펴본 결과 그녀가 주기적으로 읽는 책은 타블로이드와 여행 책자, 별자리 점 같은 주제로 이루어져 있다는 것을 알아냈다. 그녀는 '피카윤'이라는 남다른 담배를 피운다는 것도. 코티지치즈와 멜바 토스트만으로 연명하는 것도. 다양한 색깔의 머리카락은 직접 염색한다는 것도. 같은 경로를 통해서 군사 편지를 꾸러미로 받은 것도 알았다. 편지는 언제나 책갈피처럼 잘게 찢겨 있었다. 사실 나는 이따금 지나는 김에 그 책갈피를 한 번씩 뽑아보기도 했다. '기억'과 '그리워', '비', '제발 편지 좀', '쌍', '망할' 같은 단어가 조각에 가장 자주 나오는 단어들이었다. 그들과 함께 '외로워'와 '사랑'도.

또, 골라이틀리 양은 고양이를 기르고 기타를 쳤다. 햇볕이 강한 날이면, 그녀는 머리를 감고 빨간 호랑이 줄무늬가 있는 고양이와 함께 화재 비상구에 앉아 기타를 뚱땅거리며 머리를 말렸다. 그 음악이 들려오면 나는 조용히 창문 옆으로 가서 서 있곤 했다. 그녀는 연주를 무척 잘했고, 가끔은 노래도 했다. 쉬고 갈라지는 청소년기 남자아이의 목소리였다. 유행가는 모조리 알고 있었다. 콜 포터와 쿠르트 바일. 특히 그해 여름에 새로 나와 어디나 흘러나오던 뮤지컬 〈오클라호마!〉에 나오는 곡들을 좋아했다. 하지만 어디서 배웠을까, 정말 출신이 어디일까 의아한 곡을 연주하는 때도 있었다. 거칠고 부드러운 방랑곡으로, 가사에선 소나무 숲과 대초원의 분위기가 풍겼다. 이런 가사였다. "잠들고 싶지 않네, 죽고 싶지 않네, 하늘의 초원을 여행하고 싶을 뿐이네." 이 노래는 가장 좋아하는 곡인지, 머리가 마르고 한참 후에도, 해가 지고 해거름에 집집마다 창문에 불이 들어와도 계속 부르곤 했다.

하지만 우리 교우 관계는 9월까지도 진전이 없다가, 가을의 한기가 처음으로 물결치듯 밀려오던 어느 날 저녁에야 깊어지게 되었다. 나는 영화를 보러 갔다 집에 돌아와 버번 한 잔과 조르주 심농의 신작 한 권을 들고 침대에 들었다. 내가 생각하는 편안함이 가득한 시간이라, 불편한 감각이 점점 커져가는데도 내 심장이 뛰는 소리를 들을 때까지는 깨닫지 못했다. 읽거나 써본 적은 있지만 이전에는 한 번도 직접 경험한 적이 없는 감각이었다. 감시당하는 느낌, 누가 방에 있는 느낌. 다음 순간,

별안간 창문을 똑똑 두드리는 소리가 나더니 유령 같은 회색 물체가 휙 스쳤다. 나는 버번을 쏟고 말았다. 나는 잠깐 머뭇거리다 창문을 열어보고 골라이틀리 양에게 무슨 용무냐고 물었다.
"아래층에 무서운 남자가 있어요." 그녀는 화재 비상구에서 방 안으로 발을 디디며 말했다. "술에 취하지 않았을 때는 다정한 사람인데, 싸구려 와인을 병째 싹싹 핥아 먹게 놔두었더니 세상에, 뭐 이런 짐승이 다 있어요! 싫다 싫다 해도 사람을 무는 남자들이 제일 끔찍한데." 그녀는 어깨에 걸린 회색 플란넬 가운을 살짝 내려 남자가 물면 어떻게 되는지 증거를 보여주었다. 가운 외에는 아무것도 걸치고 있지 않았다. "놀라게 했다면 미안해요. 하지만 그 짐승이 너무 피곤하기 굴기에, 그냥 창문 밖으로 나왔죠. 그 사람은 내가 아직도 욕실에 있는 줄 알 거야. 그 자식이 뭐라 생각하든 내가 눈 하나 깜짝한다는 건 아니지만, 망할 인간, 피곤하면 자겠죠. 맙소사, 그러고도 남지. 저녁 전에 마티니를 여덟 잔이나 마시고, 코끼리도 재울 만큼 와인을 마셔댔으니. 저기요, 그러고 싶으면 나 쫓아내도 돼요. 내가 이렇게 뻔뻔스럽게 밀고 들어왔으니. 하지만 저 화재 비상구가 얼어 죽게 춥더라고요. 게다가 당신은 아주 편해 보이고. 내 오빠 프레드처럼요. 우린 한 침대에 네 명이 잤는데, 추운 밤에 내가 껴안고 잘 수 있게 해준 사람은 오빠뿐이었어요. 그건 그렇고, 내가 당신을 프레드라고 부르면 싫어하려나?" 그녀는 이제 완전히 방 안으로 들어오더니 멈춰서 나를 빤히 쳐다보았다. 선글라스를 벗은 모습은 처음 보았다. 도수 높은 안경이었다는 건 분명해졌다. 안경을 벗으니 보석 감정사처럼 상대를 재듯이 가느다랗게 뜬 눈이 보였다. 커다란 눈이었다. 약간 파랗기도 하고, 약간 초록색이기도 한 눈동자엔 갈색 반점이 점점이 떠 있었다. 머리카락처럼 여러 가지 색깔. 머리카락처럼 생생하고 따뜻한 빛을 내뿜었다. "내가 무척 뻔뻔하다고 생각한다는 것도 알아요. 아니면, 트레 푸.* 뭐 그렇게 생각하겠죠."

"전혀 그렇지 않아요."

그녀는 실망한 얼굴이었다. "아니긴요. 다들 그런걸. 난 괜찮아요. 그게 유용하니까."

그녀는 까닥거리는 빨간색 벨벳 의자에 앉아서 다리를 꼬더니 방 안을 휙 둘러보았다. 눈은 좀 더 두드러지게 가늘어졌다. "이러고 어떻게 살아요? 이거 아주 귀신의 집이네."

"아, 뭐든 익숙해지면 괜찮죠." 나는 슬쩍 나 자신에게 화가 났다. 실은 이 집을 자랑스레 여기고 있었으니까.

"난 안 그렇던데. 뭐든 익숙해지지 않아요. 그럴 수 있는 사람은 죽은 사람이나 다름없는 거지." 못마땅해하는 눈이 다시 방을 훑었다. "여기서 온종일 뭐 해요?"

*'완전히 정신 나갔다'라는 의미의 프랑스어.

나는 책과 종이가 높이 쌓인 탁자를 가리켰다. "글을 쓰죠."

"작가들은 다들 늙은 사람인 줄 알았는데. 물론 사로얀은 그렇게 늙진 않았죠. 파티에서 만난 적이 있는데, 하나도 늙지 않았더라고. 사실." 그녀는 곰곰이 생각했다. "수염을 좀 더 깔끔하게 깎기만 해도…… 그건 됐고, 헤밍웨이는 늙었어요?"

"마흔 살 정도 됐을걸요."

"그 정도면 괜찮네요. 난 남자가 마흔두 살은 넘어야 끌리더라. 나한테 정신과 의사에게 가보라고 계속 잔소리하던 멍청한 여자가 하나 있었어요. 내가 파더 콤플렉스라나. 그게 무슨 메르드* 같은 소리예요. 난 그저 나이 많은 남자들을 좋아하도록 스스로 훈련했을 뿐이죠. 내가 한 일 중에 가장 똑똑한 짓이지. W. 서머싯 몸은 몇 살이래요?"

"모르겠는데요. 예순은 넘지 않았나."

"그것도 괜찮네요. 작가랑은 같이 자본 적이 없어요. 아냐, 잠깐. 베니 새클릿 알아요?" 내가 고개를 젓자 그녀는 얼굴을 찡그렸다. "그거 참 이상하네. 라디오 극본을 무진장 많이 썼는데. 하지만 쥐새끼 같은 자식이죠. 솔직하게 말해봐요, 진짜 작가예요?"

"진짜라는 말을 무슨 뜻으로 하는가에 달려 있겠죠."

---

*'똥'을 의미하는 프랑스어. 욕설로도 쓰인다.

"음, 그럼, 자기. 누가 자기가 쓴 작품을 돈 주고 보나요?"
"아직은요."

"내가 도와줄게요." 그녀가 말했다. "도와줄 능력도 되고. 내가 아는 사람들 중에 연줄이 있는 사람들이 얼마나 많은데요. 자기는 프레드 오빠와 닮았으니까 도와줄게요. 프레드보다는 좀 더 작지만. 내가 열네 살 때 집 나온 이후로 오빠를 못 봤으니까요. 그때 벌써 키가 188센티미터였어요. 다른 형제들은 좀 더 당신이랑 키가 비슷해요. 꼬마들이죠. 프레드가 그렇게 키가 쑥쑥 자란 건 다 땅콩버터를 먹어서예요. 다들 식성도 별나다고 생각했죠. 그렇게 땅콩버터를 퍼먹다니. 오빠는 이 세상에 말하고 땅콩버터 말고는 좋아하는 게 없답니다. 하지만 별나지 않아요. 아주 다정하고 좀 우물쭈물하고 끔찍하게 굼뜰 뿐이지. 내가 도망쳤을 땐 오빠는 8학년을 3년째 다니고 있었어요. 불쌍한 프레드. 군대에서 땅콩버터를 넉넉히 먹여주나 몰라. 그러고 보니 배가 고파 죽겠네요."

나는 사과가 담긴 그릇을 가리켰다. 동시에 어떻게, 또 어째서 그렇게 어린 나이에 집을 나왔느냐고 물었다. 그녀는 나를 멍하게 바라보며 코가 간지러운 듯 긁었다. 그녀가 그러는 것을 종종 보게 되면서 나는 이 몸짓이 선을 넘어왔다는 신호임을 깨닫게 되었다. 묻지도 않았는데 뻔뻔하게 개인사 털어놓기를 좋아하는 사람들이 많이들 그러듯이, 그녀도 단도직입적으로 정곡을 찌르는 질문을 받게 되면 바짝 경계했다. 그녀는 사과를 한 입 베어 물고 말했다. "당신이 쓴 글 말 좀 해봐요. 줄거리 쪽으로."

"그건 문제겠는데요. 말로 할 수 없는 종류의 줄거리거든요."
"너무 야해서?"
"나중에 하나 보여줄게요."
"위스키와 사과가 잘 어울려요. 나한테 술 좀 하나 타줘요, 자기. 그런 다음 직접 하나 읽어주면 되잖아요."

어떤 작가들도, 아무리 출간된 작품 하나 없는 초짜 작가라도, 큰 소리로 자기 작품을 읽어달라는 부탁은 거절할 수 없다. 나는 두 사람이 마실 술을 만들고 그녀의 건너편에 앉아 글을 읽기 시작했다. 무대 공포증과 열의가 결합되어 목소리가 살며시 떨렸다. 읽은 글은 새로 쓴 단편 소설이었다. 그 전날에 완성한 탓에 나중에 봤으면 필연적으로 부족함이 보이기 마련이나 그때는 아직 그런 결점도 느낄 겨를이 없었다. 소설은 한집에서 같이 사는 두 여교사에 관한 이야기였다. 그러다 그중 한 명이 약혼을 하게 되었을 때, 다른 한 명이 결혼이 깨질 만한 추문이 적힌 익명의 편지를 퍼뜨린다. 읽으면서 힐끔힐끔 홀리를 쳐다보노라니 심장이 죄어들었다. 그녀는 꼼지락꼼지락 딴짓을 하고 있었다. 재떨이에서 꽁초들을 흐트러뜨리거나, 손톱을 갈아 다듬고 싶은 양 한참 들여다보았다. 설상가상으로 마침내 관심을 받았을 땐 눈에는 싸늘한 기색이 뚜렷했다. 어떤 상점 진열장에서 본 구두를 살까 말까 고민하는 표정이었다.

"그게 끝이에요?" 그녀는 깨어나 물었다. 그러고는 더 해줄 말을 허겁지겁 찾았다. "물론 여자 동성애자 자체는 좋아해요. 그런 사람들 전혀 꺼리는 것도 아니고. 하지만 여자 동성애자 이야기는 전혀 얼토당토않게 들리네요. 그 사람들 입장에서 생각해볼 수가 없거든요. 뭐, 진짜예요, 자기." 내가 당혹스러운 기색을 역력히 드러내자 그녀가 덧붙였다. "이게 여자 동성애자 얘기가 아니라면 대체 뭐래요?"

하지만 나는 이미 소설을 읽어버린 실수에 굳이 창피하게 설명까지 덧붙이는 짓을 할 기분이 아니었다. 허영심 덕에 나는 그렇게 속내를 드러내놓고도 이제 바로 그 허영 때문에 그녀를 감성도 없고 지성도 없이 허세만 부리는 여자로 깎아내렸다.

"혹시." 홀리가 물었다. "얌전한 레즈비언 알아요? 나 요새 룸메이트 찾고 있거든요. 뭐, 웃지 마요. 내가 워낙 어지럽히면서 살아서. 그래도 가정부를 둘 여유는 없고. 하지만 레즈비언들은 정말 훌륭한 주부거든요. 집안일 하기를 좋아하니까, 비질하거나 창문 성에 제거할 일도 없고 세탁도 신경 쓰지 않아도 되고. 할리우드에 살 때 룸메이트가 있었는데, 서부 영화에 출연하는 배우였거든요. 사람들이 그 애를 '고독한 방랑자'라고 부르곤 했는데. 하지만 걔를 위해 이 말은 해둬야겠네요. 그래도 같이 살기엔 어떤 남자보다 나았어요. 물론, 사람들은 아마도 나도 약간은 동성애자이겠거니 생각했겠죠. 물론 그래요. 모두들 그렇죠. 약간은요. 그래서 뭐 어쨌다고요? 그래도 남자들이 도망가거나 그러진 않던데요. 도리어 약간 자극이 되나 봐요. 고독한 방랑자 봐요. 걘 결혼을 두 번 했거든요. 보통 여자 동성애자들은 결혼을 한 번은 하죠. 그저 이름이 필요하니까. 뭐시기 부인이라고 하면 나중에 보증서 같은 걸 달고 다니는 셈이잖아요. 앗, 이럴 수가!" 홀리는 탁자 위에 놓인 시계를 빤히 바라보았다. "4시 30분이라니!"

창문이 푸르게 물들었다. 해돋이의 산들바람이 창문을 흔들었다.

"오늘이 무슨 요일이죠?"

"목요일입니다."

"목요일이라니." 그녀는 일어섰다. "맙소사." 그러더니 다시 신음 소리와 함께 앉았다. "너무 소름 끼치네."

이제는 궁금해하기에도 지쳤다. 나는 침대에 누워 눈을 감았다. 그래도 역시 호기심을 이길 수는 없었다. "목요일인데 뭐가 소름 끼치는 겁니까?"

"아무것도 아니에요. 다만 목요일이 온다는 걸 결코 잊으면 안 된다는 것 말고는. 저기, 목요일마다 난 8시 45분 열차를 타야 하거든요. 거기 사람들은 면회 시간에 어찌나 까다로운지.

그래서 10시까지 가면 그 불쌍한 남자들이 점심 먹기 전에 한 시간 정도 만날 수 있는 거죠. 생각해봐요, 11시에 점심이라니. 2시에 갈 수도 있어요. 나도 그 편이 훨씬 좋고요. 하지만 그 사람이 아침에 와줬으면 하더라고요. 그래야 하루 일과가 정해진 다나. 잠 안 자고 깨어 있어야겠네." 그녀는 장밋빛이 돌도록 뺨을 꼬집었다. "잘 시간이 없으면 폐병쟁이처럼 보인다니까요. 궁상맞게 축 늘어질 테지. 그러면 옳지 않죠. 여자가 시퍼런 얼굴을 해서 싱싱*에 갈 순 없잖아요."

"그래선 안 되겠네요." 내 소설 때문에 그녀에게 느꼈던 분노가 서서히 밀려갔다. 다시 그녀에게 빠져들었다.

"면회객은 모두 최고의 모습을 보이도록 노력해요. 그게 정답고, 끝내주게 다정한 거죠. 여자는 가장 예쁜 옷을 입고 오고. 늙은 사람도 정말로 가난한 사람도 마찬가지예요. 좋은 모습을 보이고 좋은 냄새를 풍기도록 살뜰히 노력한답니다. 그래서 그 사람들이 정말 좋아요. 아이들도 사랑스러워요, 특히 흑인 아이들. 아내들이 데려오는 아이들 얘기예요. 아이들을 그런 데서 보다니 슬플 수도 있는데, 그렇지가 않아요. 아이들은 머리카락에 리본을 달고 신발은 반짝반짝 윤이 나도록 닦고. 거기서 아이스크림이라도 나오나 싶다니까요. 가끔은 면회실이 꼭

---

*뉴욕 허드슨 강변의 오시닝에 위치한 교도소.

그래요, 파티 같지. 어쨌든 영화에 나오는 것 같지는 않아요. 알 잖아요, 철창살 사이로 우울하게 소곤소곤 속삭이고. 그런 철창살은 아예 없어요. 그저 사이에 기다란 테이블이 하나 있죠. 애들은 한번 안겨보려고 거기 올라가기도 한답니다. 키스하려면 살짝 몸을 앞으로 기울이기만 하면 돼요. 내가 제일 마음에 드는 건요, 다들 서로 만나서 무척 기뻐한다는 거예요. 할 얘기도 많이도 쌓아놓아서 지루할 틈이 없어요, 계속 웃고 손을 잡고. 그 후에는 참 달라요." 그녀는 말했다. "기차 안에서 그런 가족을 봤어요. 아주 조용히 앉아서 강물이 흘러가는 것을 보더라니까요." 그녀는 머리카락 가닥을 입꼬리로 끌어당기더니 생각에 잠겨 잘근잘근 씹었다. "나 때문에 한숨도 못 잤네. 가서 자요."

"됐어요. 난 흥미로운데요."

"그런 줄은 알아요. 그래서 가서 자라고 하는 거예요. 계속 지껄이다 보면 샐리 얘기까지 할 것 같아서. 그건 공정하지 않거든요." 홀리는 말없이 머리카락을 씹었다. "절대 다른 사람에게는 말하지 말라고 했어요. 구구절절 늘어놓지 말라고. 웃기죠. 아마 이름을 바꾸거나 해서 소설에 쓸 수 있을지도 모르겠네요. 잘 들어봐요, 프레드." 그녀는 사과 하나를 더 집으며 말했다. "성호를 긋고 팔꿈치에 입을 맞춰야 해요."

곡예사나 되어야 팔꿈치에 입을 맞출 수 있지 않을까. 그녀도 대강 눈감아주었다.

"음." 그녀는 입 한가득 사과를 우물우물 씹었다. "그 사람 얘기 신문에서 읽었을지도 모르겠다. 이름은 샐리 토마토예요. 그 사람 영어보다 내 이디시어*가 더 나을걸요. 하지만 귀여운 아저씨예요. 아주 신앙심이 깊고. 금니만 아니었다면 수도사처럼 보였을걸요. 나를 위해 밤마다 기도한대요. 물론 내 애인은 절대로 아니었어요. 그로 말하자면, 아저씨가 감옥에 가고 난 후에야 알게 된 사이니까. 하지만 지금은 무척 좋아해요. 결국 일곱 달 동안은 그 사람을 매주 목요일에 만나러 가기로 했어요. 돈을 안 받았어도 갔을 것 같아요. 이건 약간 물렀네." 그녀는 먹다 남은 사과를 창문 밖을 겨냥해 던졌다. "그건 그렇고, 샐리 얼굴은 알고 있었어요. 조 벨 술집에 왔었거든요. 저기 모퉁이 너머 있는 데. 아무하고도 얘기 안 하고 거기에 서 있기만 했어요. 호텔 방에서 사는 그런 남자처럼. 하지만 옛날을 생각하고 그 사람이 얼마나 나를 자세히 관찰하고 있었는지 깨닫고 보니 웃기네요. 그 사람 바로 감옥에 간 직후에(조 벨이 신문에 난 사진을 보여줬어요. 블랙핸드 조직이었다나. 마피아라나. 뭐 아무튼 간에. 하지만 5년 형을 받았죠) 그때 변호사에게 이 전보가 온 거예요. 내게 이익이 되는 정보를 알고 싶거든 즉시 연락하라고."

*유럽 내륙 지방과 그곳에서 미국으로 이주한 유대인들이 쓰는 언어.

"누가 백만 달러 유산이라도 남긴 줄 알았겠네요?"

"전혀요. 난 버그도프*에서 외상값 받으러 왔구나 생각했죠. 하지만 난 도박을 걸어보기로 하고 이 변호사를 만나러 갔어요. (이 사람이 진짜 변호사인지는 의심스럽긴 했지만, 사무실도 없고 그저 자동응답기 하나 달랑 있는 것 같더라고요. 게다가 항상 '햄버그 헤븐'에서 만나자는 거예요. 그러니까 그렇게 살이 쪘지. 햄버거 열 개에다 렐리시 두 접시, 레몬 머랭 파이 한 판을 다 먹고도 남겠더라니까요.) 그 사람은 외로운 늙은 남자 기운을 북돋아줄 수 있겠느냐고 묻더군요. 동시에 일주일에 100달러씩 벌면서. 난 그 사람에게 말했죠. 이봐요, 자기, 골라이틀리 양을 뭘로 보신 거예요. 난 부업으로 딴짓하는 간병인이 아니랍니다. 또, 그 사례금에도 크게 마음이 흔들리지 않았어요. 그거야 화장실 몇 번만 갔다 오면 벌 수 있는 거. 최소한의 멋을 아는 신사라면 여자가 화장실 한 번 가는 데 50달러는 준답니다. 또 난 항상 택시비도 달라고 해요. 그럼 또 50달러. 하지만 그때 변호사가 샐리라는 이 아저씨는 오랫동안 나를 멀리서 숭배해왔다나요. 그러니까 내가 일주일에 한 번씩 그를 면회 가주면 그거야말로 선행이 아니겠느냐고. 뭐, 그러니 어떻게 싫다 그래요. 너무 낭만적이잖아요."

*뉴욕의 대표적인 명품 백화점.

"모르겠는데요. 뭔가 옳지 않은 얘기처럼 들리는데."

그녀는 미소를 띠었다. "내가 거짓말하는 것 같아요?"

"무엇보다, 아무나 죄수를 면회할 수 있도록 허락해주지 않아요."

"아, 그렇지 않죠. 사실 아주 지루하게 수선을 떨어요. 난 그 사람 조카로 되어 있어요."

"그리고 그게 그렇게 간단해요? 한 시간 대화에 그 사람이 100달러를 주는 게?"

"그 사람이 주는 게 아녜요, 변호사가 주는 거지. 오쇼네시 씨라고 하는 사람이 내가 기상 예보를 남기는 즉시 현금을 우편으로 보내줘요."

"그러다 곤란한 사건에 휘말릴 수도 있을 것 같은데요." 나는 전등을 껐다. 이제는 더 이상 전등이 필요 없었다. 방 안에 아침 햇살이 들어왔고, 화재 비상구에서 회색 비둘기들이 구구거렸다.

"어떻게요?" 홀리가 진지하게 물었다.

"가짜 신분을 사칭하면 어떤 죄인지 법률 서적에 나와 있을 겁니다. 어쨌든 당신은 그 사람 조카딸이 아니잖아요. 또 이 기상 예보라는 건 뭐죠?"

그녀는 입을 두드리며 하품했다. "하지만 그건 아무것도 아니에요. 그저 내가 자동응답기에 메시지를 남기면 오쇼네시 씨는 내가 거기 갔다 왔다는 걸 확인할 수 있잖아요. 샐리가 내가 할 말을 일러줘요. 가령, 아, '쿠바에 허리케인이 왔다'거나 '팔레르모에 눈이 온다'라거나. 걱정 마요, 자기." 그녀는 침대 쪽으로 향했다. "오랫동안 내 앞가림은 알아서 잘해왔으니까." 아침 햇빛이 그녀 몸속으로 꺾어 드는 듯했다. 그녀가 내 턱까지 이불을 끌어올렸을 때, 마치 투명한 아이처럼 빛을 발했다. 그러더니 내 옆에 누웠다. "괜찮죠? 잠깐 쉬고 싶어서요. 그러니까 한마디도 더 하지 마요. 자요."

나는 자는 척했다. 숨을 무겁고 고르게 내뱉었다. 이웃 교회의 종탑에서 종이 30분, 한 시간을 알렸다. 그녀가 한 손으로 내 손을 잡았을 때는 6시였다. 잠을 깨우지 않으려는 듯 조심스럽고 연약한 손길이었다. "불쌍한 프레드." 그녀는 속삭였다. 나한테 말하는 듯했지만 그렇지 않았다. "어디 있어, 프레드? 추우니까 그래. 바람에 눈이 섞였어." 내 어깨에 기댄 그녀의 뺨에서 따뜻하고 축축한 무게가 느껴졌다.

"왜 울고 있어요?"

그녀는 벌떡 뒤로 몸을 일으켜 앉았다. "어머, 맙소사." 그녀는 창문, 화재 비상구 쪽으로 향하기 시작했다. "오지랖 넓은 사람 딱 질색이야."

다음 날 금요일, 집에 들어오다 보니 문 앞에 화려한 '찰스&Co.' 바구니가 놓여 있었다. 바구니엔 명함이 꽂혀 있었다. "홀리데이 골라이틀리 양, 여행 중" 그리고 뒷면에는 괴상하게 어색하고 유치원 아이 같은 필체로 낙서처럼 이런 말이 쓰여 있었다. "친애하는 자기, 프레드. 요전날 밤은 미안했어요. 그렇게 여러 가지 잘해주다니 당신은 천사예요. 밀 탕드레스.* 홀리. 추신. 다시는 방해하지 않을게요." 나는 답장을 썼다. "부디 방해해줘요." 쪽지와 함께 여유가 있는 대로 길거리에서 제비꽃 다발을 사서 그녀의 문 앞에 놓았다. 하지만 정말로 방해하지 않겠다는 말은 진심인가 보았다. 그녀의 모습을 보지도 소리를 듣지도 못

---

*'애정을 담아'라는 뜻의 프랑스어. 편지의 맺음말로 쓰인다.

했다. 그래서 이제 드디어 아래층 열쇠를 얻었나 짐작할 따름이었다. 어쨌건 우리 집 문을 다시 울리는 일은 없었다. 아쉬웠다. 하루하루 지나면서는 그녀에게 어떤 얼토당토않은 분개심까지 느꼈다. 절친한 친구에게 무시당하는 기분이었다. 심란한 외로움이 내 삶에 들어왔지만 더 오래 알고 지낸 친구들에 대한 갈망으로 이어지지는 않았다. 이제 그들은 소금도 없고, 설탕도 치지 않은 음식처럼 맹맹하게 느껴졌다. 수요일쯤 되자 홀리에 대한 생각, 싱싱 교도소와 샐리 토마토, 화장실 갔다 오라고 남자들이 50달러를 찔러주는 세계에 대한 생각이 계속 달라붙어 일을 할 수가 없을 지경이었다. 그날 밤 나는 홀리의 우편함에 쪽지를 남겼다. "내일이 목요일이에요." 다음 날 아침 아이들 놀이터 글씨로 쓰인 두 번째 쪽지로 보상을 받았다. "알려주다니 복 받을 거예요. 오늘 밤 6시쯤 술이나 한잔하러 들를래요?"

나는 6시 10분까지 기다렸고, 5분 더 미적댄 후에 내려갔다.

어떤 인간이 문을 열었다. 그에게선 시가와 크니체 콜롱 향이 풍겼다. 발에는 굽 높은 구두를 신고 있었다. 이렇게 키를 높이지 않았더라면 소인으로 착각할 만한 사람이었다. 반점이 찍힌 대머리는 난쟁이처럼 커다랬다. 머리에는 뾰족해서 정말 요정 같은 귀가 달려 있었다. 눈은 페키니즈 개 같았지만 자비심이라고는 하나도 없고 살짝 튀어나왔다. 귀와 코에서는 털 몇 가닥이 삐져나왔다. 오후에 자란 수염으로 턱이 거뭇했으며, 악수하는 손도 털이 부드러웠다.

"꼬마는 샤워 중이라." 그는 다른 방에서 졸졸 흐르는 물소리를 시가로 가리켰다. 우리가 서 있는 방은(달리 앉을 만한 가구가 없었기 때문에 서 있었다) 방금 이사 온 분위기가 돌았다. 젖은 페인트 냄새가 날 것만 같았다. 여행 가방과 풀지 않은 상자가 유일한 가구였다. 상자가 탁자 역할을 했다. 한 상자 위에는 마티니 타는 기구들이 놓여 있었다. 다른 상자 위에는 상자와 리버티폰 축음기, 홀리의 빨간 고양이와 노란 장미가 꽂힌 꽃병이 놓여 있었다. 한 벽을 덮은 책장에는 문학 책이 선반 반쯤 차 있었다. 나는 즉시 이 방에서 따뜻한 기운을 느꼈다. 언제든 야반도주할 수 있을 듯한 모습이 마음에 들었다.

남자가 헛기침을 했다. "초대받았소?"

나는 고개를 끄덕였지만 그는 못미더워했다. 차가운 눈으로 나를 훑으며 깔끔하게 탐색하듯 갈라 보았다. "여기 오는 사람은 많은데, 초대받지 않은 이들도 태반이라. 꼬마랑 알고 지낸 지 오래됐나?"

"별로요."

"그럼 꼬마랑 알고 지낸 지 오래되지 않았다는 거군?"

"전 위층 사는데요."

이 대답으로 충분히 설명이 되었는지 남자는 긴장을 풀었다. "당신 집 구조도 비슷한가?"

"훨씬 작죠."

남자는 바닥에 재를 털었다. "이건 쓰레기장이지. 믿을 수가 없다니까. 하지만 꼬마는 돈이 있어도 어떻게 살아야 하는지 몰라." 그의 말에는 전보 송신기를 치듯 덜커덕덜커덕 금속성의 운율이 있었다. "그래, 어떻게 생각하나? 이 여자가 그런 것 같나, 아닌 것 같나?"

"뭐가 그래요?"

"거짓말쟁이 말이야."

"그런 생각은 안 들었는데요."

"그럼 당신 생각이 틀린 거지. 이 여자는 거짓말쟁이거든. 하지만 한편으로는 그 말이 맞기도 해. 진짜 거짓말쟁이니까 거짓말쟁이가 아니야. 자기가 믿는 그 구라를 다 진짜라고 생각하거든. 아무리 말을 해도 소용이 없지. 난 눈물을 줄줄 흘리면서 노력도 해봤다니까. 베니 폴란, 어디서나 존경받는 사람, 베니 폴란도 노력을 했고. 베니가 이 여자랑 결혼할 마음까지 품었는데, 수락을 안 하더군. 베니는 이 여자를 정신과 의사에게 보내려고 수천 달러나 썼어. 심지어 그 유명한 사람 있잖소, 독일어만 할 수 있다는 의사. 맙소사, 그 사람도 두 손을 들었다니까. 그런데도 이 여자를 바꿀 수가 없었지." 그는 보이지 않는 것을 으깨듯 주먹을 불끈 쥐었다. "생각을 못 바꿔. 나중에 한번 해봐요. 이 여자가 믿는 것들을 얘기하도록 해봐. 하지만 조심하고."

그가 말했다. "난 꼬마를 좋아해. 다들 좋아하지. 하지만 좋아하지 않는 사람도 꽤 많거든. 난 좋아해. 난 진심으로 꼬마를 좋아하지. 난 민감하거든. 그게 이유요. 이 여자의 진가를 알아보려면 민감해야 해. 시인의 기질이 있어야 하지. 하지만 당신에게 진실을 말해줄까. 당신은 이 여자를 위해 머리가 빠개지도록 애를 쓸 수도 있소. 그러면 그녀가 접시에 말똥을 담아 건네줄걸. 예를 하나 들어봅시다. 당신이 오늘 본 것 같은 이 여자는 누구요? 이 여자는 나중에 세코날* 병 바닥을 다 비우고 인생 끝냈다고 신문에서 보게 될 바로 그런 여자요. 난 그런 일 부지기수로 봤거든. 그런 애들. 걔네들은 정신도 멀쩡해요. 하지만 이 여자는 정신이 나간 여자요."

"하지만 젊지 않습니까. 게다가 앞으로 청춘도 많이 남았고요."

"미래를 말하는 거면 또 틀렸어. 지금부터 한 2년 전쯤, 서부 해안에 살았던 때, 인생이 달라질 기회가 있을 수도 있었지. 그때 뭔가 잘 풀리는 일이 있었거든. 사람들 흥미도 샀고. 정말 잘 나갈 수도 있었어. 하지만 그런 식으로 그만두고 나가면 다시 돌아갈 수가 없어. 루이즈 라이너에게 물어봐요. 라이너는 스타였거든. 물론, 홀리는 스타가 아니었지. 결코 스틸 사진 모델 정도를 벗어나지 못했어. 하지만 그건 〈워셀 박사의 이야기〉 전의

*수면제와 진정제로 쓰이는 세코바르비탈의 상표명.

일이었소. 그런 다음에는 정말로 잘나갈 수 있었는데. 난 알지. 왜냐하면 내가 이 여자를 밀어주었던 사람이거든." 그는 시가로 자기 자신을 가리켰다. "오제이 버먼이오."

그는 자기를 알아봐주기를 기대했고 나도 그 기대에 기꺼이 부응해줄 마음이 있었으며 그래도 아무런 상관이 없었지만, 오제이 버먼이라는 이름을 들어본 적이 없었다. 나중에 알고 보니, 그는 할리우드 스타의 대리인이었다.

"얘를 처음 찾아낸 사람이 나요. 산타아니타 외곽에서. 매일 경마장 주변을 어슬렁거렸거든. 흥미가 동하더군. 직업적으로. 알고 보니까 어떤 기수 녀석을 매일 보러 오는 거더라고. 작다리 놈이랑 같이 살고 있었지. 나는 그 녀석에게 성범죄 단속반에 고발되고 싶지 않거든 그만두라고 했어. 꼬마는 그때 열다섯 살이었거든. 하지만 스타일이 있었지. 괜찮았어. 인상이 멋졌지. 이렇게 두꺼운 안경을 쓰고 있었는데도. 입을 열어도 이 여자가 애팔래치아 산골 처녀인지, 아니면 오클라호마 촌사람인지 알 수가 없지. 지금도 몰라. 내 생각엔 애가 어디 출신인지 알 사람 아무도 없을 거요. 정말 망할 거짓말쟁이거든. 아마 자기도 이젠 잘 모르지 않나 싶어요. 하지만 그 사투리를 없애는 데는 1년이 걸렸지. 마지막으로는 어떻게 했는지 알아요? 프랑스어 수업을 받게 했지. 프랑스어를 흉내 낼 수 있게 된 후에는 오래지 않아 영어도 흉내 낼 수 있었지. 우린 애를 마거릿 설리번 스타일로 꾸몄지만, 자기 나름의 공을 던질 줄도 아는 애였소. 그래서 사람들이 흥미를 가졌지, 거물들. 그중에서도 베니 폴란, 존경받는 사회 인사 베니도 애랑 결혼하고 싶어 할 정도였어. 대리인으로서 더 뭘 바라겠나? 그런데 쾅!〈위셀 박사의 이야기〉가 온 거지. 그 영화 알죠? 세실 B. 드밀 감독. 게리 쿠퍼. 맙소사. 나 혀라도 깨물고 죽어야지. 다 된 거였는데. 애한테 위셀 박사의 간호사 역이 맞나 오디션을 해보자고 합디다. 간호사 역이 여럿이긴 했지만, 어쨌든. 그런데 쾅! 전화가 온 거요." 버먼은 허공에서 전화를 받아 귀에 가져다 대는 흉내를 냈다. "얘가 이러더군. 여보세요, 홀리예요. 나는 그랬지. 어이, 소리가 먼데. 그랬더니 이러는 게 아니야. 뉴욕에 있어요. 나는 오늘이 일요일인데 뉴욕에서 대체 뭘 하는 거야, 내일 오디션이 있잖아, 그랬지. 홀리가 대답하더라고. 이전엔 한 번도 와본 적이 없어서 뉴욕에 왔어요. 나는 말했지. 당장 비행기 잡아타고 여기로 돌아오지 못해. 홀리가 뭐라는 줄 아쇼. 싫어요. 내가 그랬지. 아가씨, 네 의도가 뭐야? 홀리는 이러더군. 당신은 그 일이 잘되기를 바랐겠지만 나는 아니에요. 난 말했지. 뭐, 네가 원하는 게 망할 뭔데? 그랬더니 홀리가 이럽디다. 그게 뭔지 발견하게 되면 가장 먼저 알려줄게요. 내 말이 무슨 뜻인지 알았지. 접시에 말똥을 담아준다는 게 이런 거요."

빨간 고양이가 상자에서 풀쩍 뛰어내리더니 버먼의 다리에 자기 몸을 문질렀다. 그는 고양이를 신발 앞코로 들어 올려 아무렇게나 던져버렸다. 밉살스러운 행동이었지만 그는 고양이의 존재를 알아차리지 못하고 그저 기분이 언짢아서 그런 듯했다.

"이 여자가 원한 게 이런 건가?" 버먼이 두 팔을 쫙 뻗었다. "불청객들이나 밀려오고? 팁 받아먹고 살고? 건달들과 어울려 다니고? 그래서 어쩌면 러스티 트롤러와 결혼할 수 있을지도 모르니까? 그렇다면 애한테 훈장을 줘야 하나?"

그는 이글이글 타는 눈으로 기다렸다.

"미안합니다, 그 사람 누군지 모르겠는데요."

"러스티 트롤러를 모른다면 꼬마에 대해서 별로 아는 게 없는 사람이군. 손해 보는 거랠 했는데." 그는 거대한 머리에서 혀를 불쑥 내밀었다. "당신이 어쩌면 그 애에게 영향력을 끼칠 수 있기를 바랐지. 너무 늦기 전에 꼬마하고 솔직히 털어놓고 이야기할 수 있기를."

"하지만 얘기를 들어보면 벌써 늦은 것 같은데요."

버먼은 담배 연기를 내뿜었다 연기가 스러지기 전에 미소를 지었다. 그 미소에 얼굴이 바뀌었고 뭔가 상냥한 표정이 떠올랐다. "난 다시 잘 굴러가게 할 수 있었지." 이제 그 말은 진실처럼 들렸다. "말한 대로, 난 진심으로 꼬마를 좋아하거든."

"무슨 소문을 퍼뜨리고 있어요, 오제이?" 홀리가 물을 뚝뚝 떨어뜨리며 방 안으로 들어왔다. 수건 하나로 대충 몸을 감쌌고

젖은 발은 바닥에 발자국을 남겼다.

"평소와 똑같지. 네가 정신 나간 여자라고."

"프레드도 벌써 아는 사실이에요."

"하지만 넌 모르잖아."

"담배 하나만 붙여줘요, 자기." 홀리는 목욕 캡을 휙 벗으며 머리카락을 흔들었다. "당신 말한 게 아니에요, 오제이. 당신은 너무 구저분해. 언제나 입에 침을 잔뜩 묻히고."

그녀는 고양이를 안아 어깨에 올렸다. 고양이는 거기 새처럼 균형을 잡고 올라앉아 마치 실을 잣듯 앞발로 홀리의 머리카락을 감았다. 하지만 이런 귀여운 묘기를 부릴 줄 알아도, 해적처럼 얼굴에 베인 상처가 있는 무시무시한 고양이였다. 한쪽 눈은 풀로 붙인 듯 멀었고 다른 눈은 검게 빛났다.

"오제이는 굼벵이에요." 홀리는 내가 붙여준 담배를 받으며 말했다. "하지만 전화번호를 끝내주게 많이 알거든요. 데이비드 O. 셀즈닉*의 전화번호가 뭐죠, 오제이?"

"그만둬."

"농담 아녜요, 자기. 그 사람에게 전화 걸어서 우리 프레드가 얼마나 천재인지 말해줘요. 이 사람 멋진 이야기를 산더미같이 써냈다고요. 어머, 얼굴 붉히지 마요, 프레드. 당신 입으로 천재

*〈바람과 함께 사라지다〉 등 할리우드 히트작을 많이 만든 유명 제작자.

라고 말하진 않았잖아요, 내가 그랬지. 제발요, 오제이. 프레드를 부자로 만들어주려면 당신 뭘 해야 할까요?"

"그 일은 내가 프레드랑 알아서 처리하도록 놔둬."

"기억해요." 홀리가 우리를 놔두고 떠나면서 말했다. "내가 이 사람 대리인이니까. 또 하나, 내가 소리를 지르면 와서 내 옷 지퍼 좀 올려줘요. 누가 문을 두드리면 열어주고요."

문을 두드린 사람은 한둘이 아니었다. 다음 15분간, 남자들 무리가 아파트를 접수했다. 그중 몇몇은 제복 차림이었다. 세어 보니 해군 장교 둘에 공군 대령 한 명이었다. 하지만 장교들보다는 징병 대상 나이를 훌쩍 넘어 머리가 희끗희끗한 이들이 우르르 도착하여 그 수를 훨씬 웃돌았다. 청춘이 아니라는 것 빼고는 손님들은 공통점이 없었다. 낯선 이들 속에 섞인 낯선 이였다. 실로 모든 얼굴이 들어올 때마다 서로를 보고 실망감을 내비쳤다. 여주인은 마치 여러 술집을 누비면서 초대장을 나눠주고 다닌 듯싶었다. 아마도 그럴 것이었다. 하지만 처음에는 얼굴을 찡그렸다가도 손님들은 투덜대지 않고 섞여 들었다. 특히 오제이 버먼은 할리우드에서 내 미래에 대한 이야기를 피하기 위해 새로 온 손님들을 열정적으로 이용했다. 나는 책장 옆에 홀로 버려졌다. 꽂혀 있는 책 중 반 이상은 말에 관한 것이었고, 나머지는 야구 책이었다. 《경주마》나 《경마에서 맞히는 법》 같은 책에 관심 있는 척하고 있으려니 홀리의 친구들을 이리저리 재볼 은밀한 기회가 충분히 있었다.

곧 그들 중 한 명이 눈에 띄었다. 아무리 재능 있는 재단사가 통통하고 탕탕 때리기 좋은 배를 잘 가려줬더라도 젖살이 아직 안 빠진 게 훤한 중년의 애어른이었다. 몸에는 뼈가 있다는 기미도 보이지 않았다. 귀여운 축소 모형 같은 이목구비가 들어찬 O자 모양 얼굴은 때 묻지 않은 처녀 같은 면이 있었다. 태어난 직후에 죽 늘어난 듯 피부는 부푼 풍선처럼 주름 하나 없는 그대로였고 입은 언제라도 꺅꺅 비명을 지르고 짜증을 부리기 직전이었지만 버릇없는 귀여운 아이처럼 오므라졌다. 하지만 그가 돋보인 것은 외모 때문이 아니었다. 무사히 보존된 아이들은 그렇게 드물지도 않았다. 되레 눈에 띄는 건 그의 행동이었다. 자기가 파티의 주인이라도 되는 양 행동했기 때문이었다. 활력 넘치는 문어처럼 그는 마티니를 흔들고, 사람들을 소개하고, 사진을 찍었다. 공정하게 말하자면, 그의 행동 대부분은 여주인의 명령을 받드는 것이었다. '러스티, 이것 좀 해줄래요.' '러스티, 저것 좀 부탁해요.' 그가 홀리에게 홀딱 빠졌다면, 질투심을 제대로 통제하는 것은 분명했다. 질투심에 사로잡힌 남자는, 그녀가 방 안을 돌아다닐 때마다 쳐다보면서, 한 손에는 고양이를 들었지만 비어 있는 다른 한 손으로는 넥타이를 펴거나 옷깃의 보푸라기를 떼거나 하는 걸 보면 자제력을 잃고 말았을 테니까. 공군 대령은 반짝반짝 윤을 낸 훈장까지 달고 있었다.

이 남자의 이름은 러더퍼드('러스티') 트롤러였다. 1908년, 그는 양친을 잃었다고 한다. 부친은 무정부주의자에 희생되었고 어머니는 그 충격으로 돌아가셨다. 이런 연이은 불행 때문에 러스티는 고작 다섯 살의 나이에 고아이자 백만장자인 동시에 유명 인사가 되고 말았다. 그 이후로 그는 일요일 가십란의 출연 대기자였고, 아직 학생이었던 시절 그의 대부이자 후견인을 남색 혐의로 고발해서 체포되도록 했을 때는 태풍처럼 어마어마한 기세를 쭉 타고 사교계 주요 인사로 버젓이 올라섰다. 그 이후, 결혼과 이혼을 반복하면서 타블로이드의 태양으로서 지위를 유지했다. 첫 아내는 자살을 했고, 위자료는 디바인 목사*의 라이벌에게 남겨졌다. 두 번째 아내에 대해선 별다른 말이 없었지만 세 번째 아내는 상속권 지정과 관련해 온갖 증언이 가득한 가방을 들고 뉴욕 주 법원에 그를 고소했다. 그 자신도 마지막 트롤러 부인과 이혼했을 때는 아내가 자기 요트에서 반란을 일으켰다는 이유로 고발했다. 결국 그 선상 반란 사건으로 그는 드라이토르투가스 제도에 버려지고 말았다. 그 이후로는 계속 독신이기는 했지만 전쟁 전에는 유니티 미트포드**에게 청혼했던 듯하다. 적어도 히틀러가 청혼을 하지 않았다면 자기와 결혼

---

*국제 선교 운동을 주도했던 아프리카계 미국인 목사로서 여러 사회적 논란이 있었던 인물.
**영국 귀족 아가씨로, 히틀러의 열렬한 지지자이자 애인이었던 인물.

하자고 유니티에게 전신을 보낸 것으로 추정되기는 했다. 그래서 윈첼이 항상 그를 나치라고 부르는 이유라고들 했다. 그것과 그가 요크빌에서 열린 집회*에 참가했던 사실 때문에.

이런 사실들을 내 귀로 직접 들은 것은 아니었다. 이런 사연은 모두 홀리의 책장에 따로 놓여 있던 《야구 가이드》에서 읽었다. 아마도 홀리가 스크랩북으로 쓰는 듯했다. 책장 사이에 일요일 가십란 특집 기사와 함께 가십 칼럼에서 가위로 오려낸 신문 쪼가리들이 꽂혀 있었다. "러스티 트롤러와 홀리 골라이틀리, 〈비너스의 손길〉 시사회에 나란히 등장." 홀리가 뒤에서 다가와 내가 기사를 읽는 모습을 보았다. "보스턴 골라이틀리 가문 출신의 홀리데이 골라이틀리 양, 24캐럿짜리 러스티 트롤러에게 매일 명절을 선사."

"내 유명세에 감탄한 거예요, 아니면 그저 야구팬인 거예요?" 그녀는 내 어깨로 넘겨다보며 검은 안경을 고쳐 썼다.

나는 되물었다. "이번 주 기상 예보는 뭡니까?"

그녀는 나를 향해 윙크했지만, 유머라고는 하나도 없었다. 경고의 윙크였다. "난 말馬은 무척 좋아하지만, 야구는 질색이에요." 그녀의 목소리에 깔린 메시지는 자기가 샐리 토마토에 관한 말을 꺼냈다는 사실 자체를 잊어버리라는 뜻이었다. "라디

---

*1930년대 미국 내 친 나치 세력들이 모인 집회.

오에서 나오는 소리도 싫지만 들어두긴 해야죠. 그런 것도 조사니까. 남자들이 할 수 있는 얘기가 너무 없잖아요. 야구를 좋아하지 않는 남자는 말을 좋아하고, 둘 다 좋아하지 않으면, 뭐, 어쨌든 내 입장이 곤란하겠죠. 그 남자는 여자도 좋아하지 않을 테니까. 그래서 오제이와는 사이좋게 지내고 있어요?"

"우리는 서로 합의하에 갈라섰습니다."

"그 사람이 기회예요. 내 말 믿어요."

"당신 말은 믿죠. 하지만 나도 그 사람이 기회라고 생각할 만한 걸 뭔가 줘야 하는 거 아닐까요?"

홀리는 끈질겼다. "가서 그 사람 얼굴이 못생기지 않았다고 믿을 만한 말을 해요. 저 사람 정말로 당신 도와줄 수 있어요, 프레드."

"당신도 이전엔 그렇게까지 은혜를 알았던 사람 같진 않은데요." 홀리가 영문을 모르겠다는 표정을 짓자 나는 덧붙였다. "〈워셀 박사의 이야기〉 말이에요."

"그 얘기를 아직도 떠들어대요?" 그녀는 애정 어린 눈길을 방 건너에 있는 버먼에게 던졌다. "하지만 그 사람이 맞는 말을 했네요. 난 죄책감을 느껴야 하겠죠. 그 사람들이 내게 역을 주었을지도 모르거나, 내가 잘 풀렸을 수도 있었기 때문이라서는 아니에요. 영화사에선 내게 역을 안 줬을 거고, 나도 그렇게 잘 풀리진 않았을 거예요. 내가 죄책감을 느낀다면, 나는 전혀 꿈

꾸지 않는데 저 사람이 꿈을 꾸도록 놔두었기 때문이죠. 난 그저 몇 가지 자기 계발을 할 시간을 속여서 타냈던 거예요. 난 절대 영화 스타가 되지 못한다는 것을 빤히 알고 있었어요. 너무 힘들거든요. 게다가 지성이 있는 사람이라면 너무 창피하기도 한 일이고요. 내 콤플렉스는 그럴 만큼 열등하지 못했어요. 영화 스타가 되는 것과 하늘 높은 줄 모르고 솟은 자존심이 손에 손잡고 나란히 가야 했죠. 사실 자존심을 버리는 것이 필수적이에요. 난들 부자고 유명해지는 게 싫겠어요? 그것도 내 계획에 있답니다. 언젠가는 거기까지 이르도록 노력할 거고요. 하지만 그렇게 된다고 해도 난 내 자존심이 졸졸 따라왔으면 좋겠어요. 내가 어느 맑은 날 아침 '티파니'에서 아침을 먹는다고 해도 여전히 나이고 싶어요. 당신 잔이 있어야겠네요."

그녀는 내 손이 빈 것을 눈치챘다. "러스티! 내 친구에게 술 한 잔만 갖다주겠어요?"

홀리는 여전히 고양이를 껴안고 있었다. "불쌍한 게으름뱅이 같으니." 그녀는 수고양이 머리를 간질였다. "이름도 없는 불쌍한 게으름뱅이예요. 고양이한테 이름이 없어서 약간 불편하긴 해요. 하지만 난 이 고양이에게 이름을 줄 권리가 없어요. 얘는 누군가의 것이 될 때까지 기다려야 해요. 우리는 어느 날 그저 강가에서 마주친 거나 다름없죠. 서로의 소유가 아닌걸요. 얘는 독립적인 존재이고 나도 그래요. 난 나와 이런저런 것들이 함께 있을 수 있는 자리를 찾았다는 생각이 들 때까지는 아무것도 갖고 싶지 않아요. 그런 곳이 어디 있을지는 아직 확실히 모르겠네요. 하지만 그런 곳이 어떨지는 알아요." 그녀는 미소를 지으면서 고양이가 바닥에 내려가도록 놔두었다. "거긴 아마 티파니 같을 거예요." 그녀는 말했다. "내가 뭐 보석에 미쳐서 그런 건 아니에요. 다이아몬드야 좋죠. 하지만 마흔 살이 되기 전에 다이아몬드를 달고 다니는 건 저속한 취미예요. 위험하기도 하고. 다이아몬드는 나이가 든 여자들이 해야 정말 제대로 멋져요. 마리아 우스펜스카야*라든가. 주름과 뼈, 백발과 다이아몬드가 어우러지잖아. 아, 빨리 그렇게 되고 싶어라. 하지만 내가 티파니에 열광하는 건 그런 이유가 아니에요. 들어봐요. 심술궂은 빨강이 솟아오르는 그런 날 알죠?"

"파랑을 우울에 비유하는 것과 비슷한 건가요?"

"아니에요." 홀리는 천천히 말했다. "우울이라는 건 살이 쪘거나 비가 너무 오래 오거나 할 때 생기는 파랑이에요. 슬픈 것, 그게 다죠. 하지만 심술궂은 빨강은 끔찍해요. 두렵고, 돼지처럼 땀이 나는데, 뭐가 두려운지도 몰라요. 다만 나쁜 일이 생긴다는 것 말고는. 그런데도 뭔지 모르는 거예요. 그런 느낌 있었던 적 있죠?"

*러시아 출신의 할리우드 여배우.

"자주 있죠. 어떤 사람들은 그걸 '앙스트'*라고 합니다."

"맞아요, 앙스트. 그렇지만 그걸 어떻게 해요?"

"뭐, 술이 도움이 되죠."

"나도 그렇게 해봤어요. 아스피린도 먹어봤고요. 러스티는 마리화나를 피워보래요. 잠깐 해봤는데 그래 봤자 킬킬 웃음밖에 안 나오더라고요. 내가 찾아낸 방법 중에 가장 효과적인 건 그저 택시를 잡아타고 티파니에 가는 거예요. 그러면 즉시 마음이 가라앉죠. 그 고요하고 당당한 모습을 보면요. 거기선 끔찍한 일은 벌어질 것 같지 않아요. 그렇게 멋진 양복을 입은 친절한 남자들이 있고 은과 악어가죽 지갑 냄새가 사랑스러운 곳에서는 아니겠죠. 티파니와 같은 기분이 드는 현실의 장소를 찾는다면 가구도 사고 고양이에게 이름도 붙일 거예요. 전쟁 후에는 그럴지도 모른다고 생각했었어요. 프레드와 나는……." 그녀는 검은 안경을 밀어 올렸다. 회색에 파랑과 초록의 기운이 섞인 눈은 아득히 먼 곳을 그리는 날카로운 빛을 띠었다. "난 멕시코에 한 번 간 적이 있었어요. 말을 기르기 좋은 나라더라고요. 바다 가까이 있는 집을 봐뒀어요. 프레드는 말을 잘 다뤄요."

러스티 트롤러가 마티니를 들고 왔다. 그는 나를 보지도 않고 술을 건넸다. "배고픈데." 그는 큰 소리로 말했다. 몸의 다른 부

---

*'불안', '공포'를 뜻하는 독일어.

분처럼 덜 자란 목소리는 사람 불안하고 귀찮게 하는 아이처럼 칭얼거리면서 홀리를 비난하는 듯했다. "7시 반이야. 난 배고프다고. 의사가 뭐라고 했는지 알잖아."

"그래요, 러스티. 의사가 뭐라고 했는지 알죠."

"뭐, 그럼 이제 접자고. 가자."

"예의를 좀 갖춰주었으면 좋겠네요, 러스티." 그녀는 부드럽게 말했지만 벌을 주겠다고 으르는 가정교사 같은 말투였다. 기이하게도 러스티의 얼굴은 밀려오는 기쁨과 감사에 붉게 물들었다.

"당신 날 사랑하지 않는군." 그는 마치 둘만 있는 것처럼 투덜거렸다.

"버릇없이 구는 걸 좋아하는 사람이 어디 있어요."

분명히 그녀는 그가 듣고 싶어 하는 말을 한 듯했다. 그는 들뜨고도 동시에 긴장이 풀린 듯했다. 그래도 마치 미리 짜놓은 의식 순서라도 되는 양 계속했다. "날 사랑해?"

홀리는 그를 다독거렸다. "가서 당신 일이나 처리해요, 러스티. 그리고 내가 준비가 되면 어디든 당신이 원하는 대로 저녁 먹으러 가요."

"차이나타운으로 갈까?"

"하지만 그렇다고 탕수 소스 돼지 갈비를 먹겠다는 뜻은 아니에요. 의사가 뭐라고 했는지 알잖아요."

그가 만족해서 어기적어기적 자기 자리로 돌아가자, 나는 참지 못하고 홀리에게 그의 질문에 대답하지 않았다는 사실을 일깨워주었다. "저 사람 사랑합니까?"

"말했잖아요. 마음만 먹으면 아무나 사랑할 수 있는 법이라고. 게다가 저 사람 어린 시절이 몹시 고약했잖아요."

"그렇게 고약했는데, 아직도 못 벗어나고 버티는 이유는 뭐래요?"

"머리 좀 쓰세요. 러스티는 치마를 입기보다는 기저귀를 차는 편이 더 안전하다고 느낀다는 거, 딱 보면 몰라요? 사실 그게 진짜 선택인데, 다만 그 문제는 아주 신경질적으로 굴더라고요. 내가 어른답게 그 문제에 맞서보라고, 아예 방향을 정해버리고 착하고 아빠 같은 트럭 운전사랑 오순도순 소꿉장난이나 하라고 말했더니 나를 버터칼로 찌르려고 했어요. 그래도 저 사람 내 손바닥 위에 있으니까. 그걸로 됐죠, 저 사람은 해치진 않거든요. 여자들은 인형이라고 생각해요, 말 그대로."

"천만다행이네요."

"뭐, 그게 대부분 남자들도 그렇다면, 난 천만다행이라고 여길 순 없을걸요."

"내 말은 당신이 트롤러 씨와 결혼하지 않는다니 천만다행이라는 거죠."

홀리는 한쪽 눈썹을 치켜떴다. "그래도 저 사람이 부자라는 사실을 모르는 척하진 않아요. 멕시코에 있는 땅만 해도 꽤 나갈 테니까. 자." 그녀는 앞으로 가라고 손짓했다. "가서 오제이나 잡을까요."

나는 뒤로 물러서며 어떻게 미룰 수 있을까 마음속으로 궁리했다. 그러다 기억이 났다. "어째서 '여행 중'이에요?"

"내 명함요?" 홀리는 언짢은 듯 말했다. "그게 웃긴 거 같아요?"

"웃기진 않아요. 그저 호기심을 자극하니까."

홀리는 어깨를 으쓱했다. "어쨌든 내가 내일은 어디 살지 어떻게 알아요? 그래서 명함에 '여행 중'이라고 박아달라고 했어요. 어쨌든 그런 명함을 주문하다니 돈 낭비였죠. 다만 뭔가 작은 거라도 사지 않으면 빚지는 느낌이었거든요. 그거 티파니에서 산 거예요." 홀리는 내 마티니에 손을 뻗었다. 손도 대지 않은 술이었다. 그녀는 두 모금 만에 꿀꺽 마셔버리고 내 손을 잡았다. "그만 어물쩍거려요. 오제이와 친해져야 해요."

하지만 문 앞에서 생긴 사건 때문에 그 뜻을 이룰 순 없었다. 문 앞에 나타난 사람은 젊은 여자였다. 그녀는 마치 바람처럼 스카프와 쩔렁이는 황금 장신구를 날리면서 뛰어 들어왔다. "호, 호, 홀리." 여자는 앞으로 다가오며 한 손가락을 흔들었다. "못된 요, 욕심쟁이야. 이 매, 매력적인 나, 남자들을 다 돼지처럼 모아놓다니!"

여자는 180센티미터가 넘어 거기 온 대부분의 남자들보다도 키가 컸다. 남자들은 등을 펴고 배를 쏙 집어넣었다. 여자의 휘청거리는 키에 일반적으로 대응하는 방식이었다.

홀리가 말했다. "여기서 뭐 해?" 홀리의 입술은 잡아당긴 실처럼 팽팽하게 다물어졌다.

"왜, 아, 아무것도, 자기. 위층에서 유니오시와 같이 작업하고 있었어. 《바, 바자》에 실을 크리스마스 사진. 그런데 자기는 짜증 났나 봐?" 여자는 주위에 미소를 쫙 뿌렸다. "나, 남자분들은 내가 파, 파티에 좀 끼어들어도 짜증 내지 않겠죠?"

러스티 트롤러가 킥킥댔다. 그는 여자의 근육에 감탄하듯 팔을 꽉 쥐고 술 한잔하겠느냐고 물었다.

"물론이죠." 여자가 대답했다. "내 건 버번으로 타줘요."

홀리가 말했다. "버번은 없어." 그 말이 떨어지자 공군 대령이 자기가 뛰어가서 한 병 사 오겠다고 자청했다.

"어머나, 우리 수, 수선은 떨지 마요. 난 암모니아수만 마셔도 행복할 것 같으니까요. 홀리, 자기." 여자는 홀리를 살며시 밀면서 말했다. "나 신경 쓸 것 없어. 내가 알아서 소개할게." 여자는 오제이 버먼 쪽으로 몸을 숙였다. 버먼은 키 작은 남자들이 키 큰 여자 앞에 섰을 때 많이들 그러듯이 눈에 흐릿한 안개가 올랐다. "난 매그 와, 와일드우드예요. 아칸소 와일드우, 우드 출신이죠. 거긴 언덕 많은 시골이라."

이건 마치 춤 동작 같았다. 버먼은 라이벌들이 끼어들지 못하도록 화려한 발동작을 선보였다. 그렇지만 사방에서 둘러싸고 매그가 더듬더듬 던지는 농담을 비둘기에게 던져진 팝콘처럼 주워 먹는 4인조 한 무리에게 빼앗기고 말았다. 납득이 가는 인기였다. 그녀는 종종 볼 수 있는, 못생긴 외모를 이겨내고 진짜 미인보다 더 매력적인 사람이었다. 오로지 거기에 모순이 포함되어 있기 때문에 가능한 매력이었다. 이 경우에는 수수하게 좋은 취향을 드러내고 기술적인 방법으로 몸을 치장하는 꼼꼼한 방식과는 반대로 결점을 과장하는 방법이 먹혔다. 매그는 약점을 대담하게 인정해서 장식으로 삼았다. 하이힐은 큰 키를 더 강조했고, 어찌나 가파른지 발목이 떨릴 정도였다. 납작하고 꽉 끼는 웃옷은 남자 수영복 바지만 입고 해변에 가도 될 정도임을 드러냈다. 뒤로 다 넘겨 묶은 머리는 패션모델 같은 얼굴에서 야윔과 굶주림을 돋보이도록 했다. 심지어 진짜인 건 분명했지만 그래도 약간 꾸민 느낌이 있는 말더듬증도 유리하게 작용했다. 그 더듬는 버릇은 대가의 솜씨였다. 먼저, 그 때문에 평범한 면이 얼마간 독창적으로 보였기 때문이었다. 두 번째로는 장신이고 자신감이 넘쳤지만, 말더듬는 버릇은 귀를 기울이는 남자들에게 보호 본능을 불러일으켰다. 가령, 매그가 "누가 나한테 화, 화장실이 어, 어디인지 알려줄래요?"라고 말하며 버먼의 등을 슬쩍 떠밀자, 자연스러운 수순을 따르듯, 버먼은 한 팔을 내

밀어 직접 그녀를 안내했다.

"그럴 필요는 없을 텐데." 홀리가 말했다. "쟤, 이전에 이 집에 와본 적 있어요. 화장실은 어딘지 안다고요." 홀리는 재떨이를 비우고 있었다. 매그 와일드우드가 방을 나간 후에 홀리는 하나 더 비우면서 말했다. 아니, 한숨에 더 가까운 소리였다. "정말로 너무 슬프네요." 홀리는 의문 어린 표정의 수를 셀 수 있을 만큼 뜸을 들였다. 그 정도면 충분했다. "게다가 참 신기하기도 하죠. 보통은 그러면 티가 더 많이 날 거라고 생각할지 모르겠지만요. 하지만 확실히 쟤 참으로 건강해 보이는걸요. 뭐, 아주 '멀쩡하게' 보인다는 거죠. 그게 참 특이한 부분이에요. 당신이라면 그러지 않겠어요?" 홀리는 딱히 누구에게라 할 것 없이 걱정스러운 말투로 물었다. "쟤가 멀쩡하게 보이지 않는다고 할 수 있겠어요?"

어떤 사람이 콜록거렸고, 여럿이 침을 꿀꺽 삼켰다. 매그 와일드우드의 술을 들고 있던 해군 장교 하나는 잔을 내려놓았.

"하지만 그래도." 홀리가 말했다. "이런 남부 출신 여자들은 많이들 똑같은 병을 갖고 있다 그러더라고요." 홀리는 섬세하게 몸을 부르르 떨더니 얼음을 좀 더 가지러 부엌으로 갔다.

매그 와일드우드는 돌아와 보니 별안간 온기가 싹 사라진 상황에 어리둥절했다. 그녀가 시작한 대화는 마치 녹색 통나무처럼 굴러갔고, 연기는 났지만 불이 붙진 않았다. 더더욱 용서하기 힘든 것은, 사람들이 떠날 때 매그에게 전화번호도 묻지 않았다는 점이다. 공군 대령은 매그가 등을 돌리는 동안에 철수했고, 이건 정말 참을 수 없는 한계였다. 아까는 저녁 먹자고 청하기까지 했으면서. 갑자기 그녀는 눈앞이 보이지 않았다. 눈물을 흘리면 마스카라가 지워지듯이, 진을 마시면 계략이 벗겨지기 마련, 그녀의 매력은 순식간에 흩어지고 말았다. 이제 그녀는 아무나 붙들고 화풀이하기 시작했다. 여주인을 보고는 할리우드 타락녀라고 불렀다. 50대가량 되는 남자에게 시비를 걸었다. 버먼에게는 히틀러가 옳다고 했다. 러스티 트롤러는 구석으로 몰면서 바람을 넣었다. "이제 당신 어떻게 되는지 알아?" 매그의 목소리에는 더듬거리는 기색 하나 없었다. "당신을 동물원으로 끌고 가서 야크에게 먹이로 줘버릴 거야." 러스티는 기꺼이 같이 갈 마음이 있어 보였지만, 매그는 실망스럽게도 바닥으로 스르르 주저앉더니 콧노래를 불렀다.

"너 정말 지겹다. 거기서 일어나지 못해." 홀리는 긴 장갑을 끼면서 말했다. 파티에 남은 이들은 문간에 서서 기다렸지만, 지겨운 여자가 꿈쩍도 하지 않자, 홀리는 내게 미안하다는 듯한 시선을 보냈다. "내 수호천사가 되어줄래요, 프레드? 얘 좀 택시에 태워줘요. 사는 곳은 윈슬로."

"아니에요. 난 바비존에 살죠. 리젠트 4-5700번. 매그 와일드우드를 찾아요."

"자기는 정말 천사예요, 프레드."

그들은 가버렸다. 이 아마존 여전사를 데려가 택시에 태울 생각을 하니 내가 느꼈던 모든 적개심이 깡그리 지워졌다. 하지만 매그는 알아서 문제를 해결했다. 혼자 힘으로 벌떡 일어나더니 비틀거리면서도 위엄 있게 나를 내려다보았다. "스토크*로 가요. 행운의 풍선을 잡아요." 그러고는 도끼 맞은 참나무처럼 풀썩 쓰러졌다. 처음으로 든 생각은 가서 의사를 데려와야겠다는 것이었다. 하지만 찬찬히 살펴보니 맥도 정상이었고 숨도 골랐다. 그저 잠이 들었을 뿐이었다. 베개를 찾아 머리에 괴어준 후, 혼자 잠을 즐기도록 놔두고 나는 떠났다.

*뉴욕에 있는 나이트클럽.

다음 날 오후 계단에서 홀리와 마주쳤다. "당신." 홀리는 약국에서 받아 온 꾸러미를 들고 황급히 지나치며 말했다. "걔, 폐렴 걸리기 직전이에요. 숙취도 심하고. 설상가상 심술궂은 빨강이 올라왔네요." 나는 이 말을 매그 와일드우드가 아직도 아파트에 있다는 뜻으로 받아들였지만, 홀리는 이 놀라운 동정심을 살펴볼 만한 겨를을 주지 않았다. 주말 내내 수수께끼는 깊어졌다. 먼저 라틴계 남자 하나가 내 집 문 앞에 왔다. 그는 잘못 알았는지 와일드우드 양이 어디 있느냐고 물었다. 이 오류를 바로잡기까지 한참 걸렸다. 우리는 상대가 하는 영어를 제대로 알아듣지 못했지만, 마침내 통했을 때는 나는 마음을 빼앗기고 말았다. 그는 세심하게 조합된 인간이었다. 갈색 머리와 투우사 같은 몸매는, 사과나 오렌지처럼 자연이 꼭 맞게 만들어낸 무엇인 양 정확하고 완벽했다. 이에 장식으로 영국 정장과 상쾌한 콜롱, 더욱이 라틴 사람 같지 않은 숫기 없는 태도까지 더해졌다. 그날의 두 번째 사건에도 그가 관련이 있었다. 그는 택시를 타고 도착했다. 택시 기사의 도움을 받아 그는 산더미 같은 여행 가방을 가지고 집 안으로 비틀비틀 걸어 들어왔다. 그 덕분에 나는 곰곰이 곱씹어볼 거리가 생겼다. 일요일이 되니 얼마나 씹었는지 턱이 저릿할 지경이었다.

그러자 그림은 더 어둡고도 더 선명해졌다.

일요일 낮은 인디언 서머의 날씨였다. 햇빛이 강해 창문을 열어 놓았더니 화재 비상구에서 목소리가 들려왔다. 홀리와 매그가 거기 담요를 깔고, 고양이를 사이에 두고 누워 있었다. 갓 감은 머리카락이 가늘게 늘어졌다. 두 사람은 분주했다. 홀리는 발톱에 매니큐어를 칠하고 있었고 매그는 스웨터를 짜고 있었다. 말을 하는 쪽은 매그였다.

"굳이 내게 묻는다면, 난 네가 우, 운이 좋다고 생각해. 적어도 러스티의 좋은 점을 한 가지는 말할 수 있잖아. 그는 미국인이라고."

"참도 대단하다."

"얘는. 지금은 전쟁 중이야."

"그리고 전쟁이 끝나면, 그때가 날 마지막으로 보는 날이 될 거고, 참."

"내 생각은 안 그런데. 난 우리나라를 자, 자랑스럽게 생각해. 우리 가족 남자들은 훌륭한 군인이었어. 와일드우드 한가운데는 파파대디 와일드우드 동상이 있다니까."

"프레드도 군인이야." 홀리가 말했다. "하지만 앞으로 누가 프레드의 동상을 만드는 일이 있을까 모르겠어. 그럴 수도 있겠지. 가장 멍청한 사람이 가장 용맹한 법이라는 속담도 있으니까. 프레드는 정말 멍청하거든."

"프레드는 위층 남자 아니야? 그 사람 군인 같은 구석 전혀 없던데. 하지만 멍청하겐 보이더라."

"갈망하는 거지. 멍청한 게 아냐. 그는 몹시도 안에서 밖을 내다보고 싶어 하지. 어쨌든 그 사람은 프레드와는 완전히 달라. 프레드는 내 오빠거든."

"너 자기 혀, 혈육을 멍청하다고 한단 말이야?"

"정말 멍청하면 그런 말 듣는 거지."

"뭐, 그런 말 하는 거 정말 취향이 나쁘다. 너희 오빤 너와 나, 우리 모두를 위해 싸우고 있는데."

"지금 뭐야, 전쟁 국채라도 팔아?"

"그냥 내 입장을 알려주고 싶을 뿐이야. 나도 농담 알아들어. 하지만 그 아래선 나는 지, 진지한 사람이라고. 미국인인 게 자랑스러워. 그래서 내가 호세를 안쓰럽게 생각하는 거야." 매그는 뜨개질바늘을 내려놓았다. "그 사람 정말 끔찍하게 잘생겼다고 생각하지 않니?" 홀리는 흠, 이라고 대답하며 매니큐어 솔로 고양이의 구레나룻을 쓸었다. "내가 브라질 사람이랑 겨, 결혼한다는 생각에 익숙해질 수만 있다면 말이야. 그래서 나도 브, 브라질 사람이 될 수 있다고 하면. 그건 정말 커다란 골짜기를 넘는 거나 마찬가지야. 1만 킬로미터를 넘는 거지. 게다가 그 나라 말도 모르고……."

"벌리츠 어학원 가봐."

"대체 왜 거기선 포, 포르투갈어를 가르친다니? 누구 하나 말하는 사람도 없는 것 같은데. 아니야, 내 유일한 가능성은 호세가 정치를 잊고 미국인이 되는 것뿐이야. 남자가 그런 거 된들 뭐 하겠니. 브라질 대, 대통령이라니." 매그는 한숨을 지으며 뜨개질감을 집어 들었다. "나 정말 미친 듯이 사랑에 빠졌나 봐. 너 우리 같이 있는 것 봤지. 내가 미친 듯이 사랑에 빠졌다고 생각하니?"

"글쎄. 그 사람 너 물디?"

매그는 한 코를 빠뜨렸다. "물어?"

"널 말이야. 침대에서."

"어머, 아니. 그래야 해?" 그러더니 매그는 검열이라도 하듯 덧붙였다. "하지만 웃긴 해."

"그건 좋네. 그런 정신이 제대로 된 거지. 난 유머를 아는 남자가 좋더라. 남자들은 대부분 헐떡거리고 헉헉대기만 하니까."

매그는 불평을 거두었다. 곰곰이 생각해보더니 그 말을 칭찬으로 받아들였다. "그래, 그런 것 같다."

"좋아. 물진 않는단 말이지. 웃기는 하고. 또 다른 건?"

매그는 빠뜨린 코를 세더니 다시 뜨개질을 이어갔다. 겉뜨기, 안뜨기, 안뜨기.

"내 말……."

"알아들었어. 너한테 말해주고 싶지 않아서 그러는 게 아냐. 하지만 기억하기가 너무 어렵다. 그런 거 기, 깊이 생각해본 적 없거든. 내가 어떻게 보이는지. 그런 게 마치 꿈처럼 머릿속에서 빠져나가버려. 그런 게 저, 정상적 태도 아니니?"

"정상적일 수도 있겠지, 얘. 하지만 난 자연스러운 편이 좋은데." 홀리는 고양이의 구레나룻을 빨갛게 물들이다가 멈추었다. "잘 들어, 기억이 나지 않는다면 그거 할 때 불을 켜둔 채로 놔둬."

"날 좀 이해해줘, 홀리. 나는 아주 아주 아주 전통적인 사람이라고."

"야, 무슨 헛소리. 네가 좋아하는 남자를 얌전하게 한번 쳐다보는 게 뭐가 나쁘니? 남자들은 아름다운 존재야. 많은 남자들이 그렇고 호세도 그렇지. 뭐, 네가 하면서 그 사람 한번 쳐다보고 싶지도 않다면, 그 사람은 식어빠진 마카로니 접시 받은 거나 마찬가지겠다."

"모, 목소리 낮춰."

"너 그 사람하고 사랑에 빠진 게 아닐 거야. 자, 그러면 대답이 됐니?"

"아니야. 나는 식어빠진 마, 마, 마카로니 아니야. 난 마음이 따뜻한 사람이라고. 그게 내 기본 성격이야."

"그래, 넌 마음이 따뜻하지. 하지만 내가 침대에 들 남자라면 차라리 뜨거운 물병을 가지고 가겠다. 그건 좀 더 손에 확 잡히니까."

"호세가 불평하는 소리는 전혀 들을 수 없을걸." 매그는 평온하게 말했다. 뜨개질바늘이 햇볕 속에서 번쩍 빛났다. "게다가 나는 그 사람이랑 사랑에 빠져 있다고. 내가 세 달도 안 되는 동안 아가일 양말을 열 켤레나 떴다는 거 알아? 게다가 이건 두 번째 스웨터야." 매그는 스웨터를 쫙 펴더니 옆으로 던져버렸다. "그래 봤자 무슨 소용이야? 브라질에서 스웨터라니. 차라리 해, 햇볕 차단 모자를 만드는 게 낫겠다."

홀리는 뒤로 누워 하품했다. "겨울도 있긴 있을걸."

"겨울엔 비가 온다고 하더라. 더위. 비. 저, 정글이지."

"더위랑 정글이라. 사실 난 마음에 드는데."

"나보다는 네가 낫겠네."

"그래." 홀리는 졸리지 않은 졸음을 담아 말했다. "너보단 내가 낫지."

월요일, 아침에 온 우편물을 가지러 내려가는데 홀리의 우편함에 꽂힌 명함이 바뀌어 있었다. 이름 하나가 늘어났다. 골라이틀리 양과 와일드우드 양이 함께 여행 중이었다. 다른 때라면 이에 좀 더 오래 관심을 가졌겠지만, 그날은 내 우편함에 편지가 하나 와 있었다. 내가 단편을 보낸 작은 대학 잡지에서 온 편지였다. 그들은 내 소설이 마음에 든다고 했다. 하지만 고료를 지급할 여유가 없다는 사실을 이해해준다면 출간할 의사가 있다고 했다. 그 말인즉, 지면에 실린다는 뜻이었다. 흥분으로 머리가 어지럽다는 건 그저 말뿐인 표현이 아니었다. 누구에게인가 이 소식을 전해야 했다. 그래서 한 번에 계단을 두 단씩 넘어 홀리의 집 문을 쿵쿵 두드렸다.

  내 목소리가 제대로 소식을 전할지 자신이 없었다. 홀리가 졸음에 겨운 눈을 하고 문을 열었을 때 나는 편지를 내밀었다. 홀리가 다시 돌려주기 전까지 60페이지는 족히 읽을 만한 시간이 흐른 듯했다. "나 같으면 못 하게 하겠어요. 돈을 안 준다고 하면." 홀리는 하품을 하면서 말했다. 하지만 그녀가 오해했다는 것이 내 얼굴에 역력히 드러났는가 보았다. 내가 원한 건 충고가 아니라 축하였다는 것. 홀리의 입이 하품에서 미소로 바뀌었다. "아, 알겠네요. 대단해요. 자, 들어와요." 홀리가 말했다. "커피를 내릴 테니 축하해요. 아니, 점심 사줄 테니 옷 갈아입고 나가요."

홀리의 침실은 응접실과 어울렸다. 야영하는 분위기가 똑같이 이어졌다. 모두 짐을 쌓아 언제라도 떠날 준비가 되어 있는 상자와 여행 가방. 경찰이 바짝 쫓아온 것을 느낀 범죄자의 짐 같았다. 응접실에는 전통적인 의미의 가구가 없었지만 침실에는 침대가 있기는 했다. 그것도 더블 침대, 꽤나 야한 것으로. 금색 나무에 술이 달린 새틴 침대보.

홀리는 욕실 문을 열어두고 그 안에서 대화했다. 물을 흘려 내리고 머리카락을 빗어 내리면서 간간이 말하는지라 제대로 알아들을 수 없었지만 요점은 대강 이러했다. 매그 와일드우드가 이사 왔다는 사실을 나도 알고 있겠지. 그게 편리하지 않겠는가? 룸메이트를 구해야 하는데 레즈비언이 없다면 차선의 상대는 완벽한 바보인 편이 좋다. 매그가 바로 그런 사람이고. 그래야 집세를 떠넘기고 세탁물을 찾아오게 할 수도 있으니까.

홀리가 세탁물 때문에 골머리를 썩는다는 건 눈에 훤했다. 방 안에는 마치 여학생 체육관처럼 옷가지가 여기저기 널려 있었다.

"뭐, 그리고 자기도 알겠지만 걔는 잘나가는 모델이거든요. 그거 정말 멋지지 않아요? 하지만 좋은 건 말이죠." 홀리는 가터를 채우면서 욕실에서 비틀비틀 걸어 나왔다. "일이 있으니까 대부분 낮에는 내 주위를 얼쩡거리면서 성가시게 하지 않는다는 거예요. 남자 면에서도 크게 문제가 없을 거고요. 걘 약혼했으니까. 좋은 남자예요. 물론 키에선 약간 차이가 있죠. 여자가 한 30센티미터 크려나. 대체 이 망할 건 어디……." 홀리는 무릎을 꿇고 침대 밑에 손을 넣었다. 찾고자 했던 물건, 도마뱀 가죽 구두 한 켤레를 찾자 그녀는 블라우스와 허리띠를 찾아야만 했다. 그런 폐허 속에서 어떻게 궁극에는 효과를 빚어낼 수 있는지 생각해볼 만한 주제였다. 마치 클레오파트라의 시녀들에게 시중을 받는 듯 정성껏, 침착하면서도 꼼꼼하게 치장했다. "있잖아요." 홀리는 한 손으로 내 턱을 받쳤다. "소설이 잘되어서 정말 기뻐요. 진짜예요."

1943년, 10월의 그 월요일. 새가 명랑하게 지저귀던 아름다운 날. 먼저 우리는 조 벨의 술집에서 맨해튼을 마셨다. 그는 내 좋은 소식을 듣고 샴페인 칵테일을 한턱냈다. 그다음에는 5번 대로를 향해 느긋하게 걸어가 보니 행진이 있었다. 바람에 휘날리는 깃발, 쿵쿵 울리는 군악대와 군화 소리는 전쟁과는 아무 상관 없어 보였고, 내 개인의 영광을 위해 팡파르가 울리는 듯했다.

우리는 공원에 있는 카페테리아에서 점심을 먹었다. 그 이후, 동물원은 피해가며(홀리는 우리 안에 갇힌 건 뭐든 참고 볼 수 없다고 했다), 이제는 사라진, 나무로 된 옛날 보트 창고로 향하는 오솔길을 따라 키득거리며 달리고 노래를 불렀다. 나뭇잎이 호수 위에 떠다녔다. 호숫가에 이르자 공원 안내원이 부채질을 하며 낙엽을 태운 모닥불을 키웠고 인디언 신호처럼 솟아오른 연기만이 흔들리는 공기 속의 유일한 얼룩이었다. 4월은 한 번도 내게 큰 의미가 없었고 가을만이, 시작되는 계절인 봄처럼 보였다. 그때 홀리와 보트 창고의 베란다 난간에 앉아 있을 때 내가 느꼈던 기분이 바로 그러했다. 나는 미래를 생각했고 과거를 이야기했다. 홀리가 내 어린 시절을 알고 싶어 했기 때문이었다. 홀리는 자기 이야기도 했다. 모호했고 이름과 장소가 없었으며, 두루뭉술한 사연이었지만, 거기서 받은 인상은 예상과는 반대였다. 홀리가 수영과 여름, 크리스마스트리와 예쁜 사촌들, 파티에 관한 화려한 이야기를 신 나게 쏟아놓았기 때문이었다. 짧게 말해서, 절대로 도망쳤던 아이의 배경이 아니며, 그럴 리도 없을 것 같은 방식으로 행복했다는 말이었다.

아니면 열네 살 이후로 혼자 나와 살았다는 게 진짜가 아니었나? 내가 묻자, 홀리는 코를 문질렀다. "사실이에요. 다른 게 사실이 아니지. 하지만 정말은 자기가 너무 비극적인 어린 시절 이야기를 하는 바람에 난 경쟁하면 안 될 것 같더라고요."

홀리는 난간에서 펄쩍 뛰어내렸다. "어쨌든 그 덕에 생각이 났어요. 프레드에게 땅콩버터 좀 보내줘야겠네." 그날 오후 남은 시간 동안에는 동분서주하며 내켜하지 않는 식품점 주인들에게서 땅콩버터를 긁어모았다. 전시라 땅콩버터가 귀했기 때문이었다. 어둠이 내려앉을 즈음에는 예닐곱 병쯤 모았고, 마지막은 3번 대로의 식품점이었다. 진열장에 새장이 있는 골동품 가게와 가까운 곳이었다. 그래서 나는 홀리를 데려가서 새장을 보여주었고, 홀리는 내가 새장을 좋아하는 이유, 그 환상은 좋아했다. "하지만 그래도 이건 새장이잖아요."

울워스 백화점을 지나갈 때쯤, 홀리가 내 팔을 잡았다. "뭔가 훔쳐요." 그녀는 나를 가게 안으로 밀어 넣었다. 상점 안에 들어서자마자 벌써 의심을 받는 양 눈길이 쏟아지는 압박감이 느껴졌다. "해봐요, 겁쟁이처럼 굴지 말고." 홀리는 종이 호박과 핼러윈 가면이 쌓인 매대로 앞장섰다. 판매원 여자는 가면을 써보는 수녀들 무리를 상대하느라 정신이 없었다. 홀리는 가면을 하나 집더니 얼굴에 뒤집어썼다. 그녀는 또 하나 집어서 내 얼굴에 씌웠다. 그러더니 내 손을 잡았고 우리는 가게에서 걸어 나왔다. 그렇게 간단했다. 밖에 나오자 몇 블록 뛰었다. 우리의 행동을 좀 더 극적으로 만들려는 목적이었던 듯하다. 하지만 또한 그때 발견한 사실이지만 성공적인 도둑질은 신이 났기 때문이기도 했다. 나는 홀리가 종종 도둑질을 하는지 궁금했다. "이전엔 했었죠." 그녀는 대답했다. "내 말은 했어야만 했다는 뜻이에요. 뭔가 필요했을 땐. 하지만 지금도 가끔 하긴 해요. 손이 녹슬까 봐."

우리는 집까지 가는 내내 가면을 벗지 않았다.

그 당시 홀리와 함께 여기저기 돌아다니며 나날을 보냈던 기억이 있다. 그 기억은 진짜다. 기묘한 순간에 서로 많이 보기도 했으니까. 하지만 전체적으로 그 기억은 거짓이기도 하다. 그 달이 끝날 무렵, 나는 일자리를 구했다. 그 사건에 대해서 더 할 말이 있을까? 적게 말할수록 더 좋은 일이다. 일자리는 꼭 필요했고 9시 출근, 5시 퇴근하는 일이라는 것밖에. 그 때문에 우리의 시간, 홀리와 나의 시간은 무척 달라졌다.
 하지만 목요일, 그녀가 싱싱에 가는 날이나 종종 그러듯이 공원에 말 타러 가는 날에는 가끔 보기도 했는데, 내가 집에 왔을 때 홀리는 거의 일어나 있는 적이 드물었다. 홀리가 저녁에 외출하려고 옷을 갈아입는 동안 잠을 깨려고 커피를 함께 마시기도 했다. 홀리는 늘 외출하는 중이었다. 항상 러스티 트롤러와 동행하는 것은 아니었지만, 보통은 그랬고 또 보통은 매그 와일드우드와 잘생긴 브라질 사람과 합류하기도 했다. 이름은 호세 이바라예거, 그의 어머니는 독일인이라고 했다. 그들은 4인조로서 종종 불협화음을 냈다. 대부분은 이바라예거의 잘못이었다. 재즈 밴드에 낀 바이올린처럼 그 모임에서 튀는 사람이었다. 그는 지적이고 깔끔한 외모였고 자기 일에 진지하게 몰두하는 듯했다. 직업은 확실하진 않지만 정부 관련한 일이었고 역시 모호하긴 했지만 중요해 보였다. 그 때문에 일주일에 며칠씩 워싱턴에 다녀오곤 했다. 그런데, 어떻게 그가 밤마다 라 루, 엘 모로코에서 시간을 보내고도 살아남을 수 있단 말인가? 와일드우드가 떠, 떠, 떠드는 소리에 귀를 기울이고 러스티의 아기 엉덩이 같은 맨 얼굴을 빤히 보면서? 어쩌면 외국에 갔을 때 우리들이 보통 그러듯이 그도 고향에서처럼 사람들을 골라낼, 그림에 어울리는 액자를 고를 만한 능력이 떨어졌는지도 몰랐다. 그리하여 모든 미국인들을 똑같이 동등한 관점에서 판단하여야 했고, 이런 바탕에서 그의 동행들도 지역색과 국민성이 다르니 이런 사람도 있겠거니 여겼는지도. 그렇다면 충분히 설명이 되었다. 나머지 이유는 홀리의 결연한 의지로 설명할 수 있다.

어느 늦은 오후, 5번 대로에서 버스를 기다리고 있는데 길 건너의 택시 정류장에서 한 여자가 내리더니 42번가의 공립 도서관 계단을 뛰어 올라가는 모습이 보였다. 여자가 문을 지날 때

쯤에야 나는 누군지를 알아보았다. 그럴 만하기도 한 것이 홀리와 도서관은 쉽사리 묶어서 연상이 되지 않았기 때문이었다. 나는 호기심에 몸을 맡기고 사자 상 사이를 지났지만, 가는 내내 그녀를 따라왔다고 인정할 것인가, 우연히 만난 척할 것인가 마음속으로 갈등했다. 결국은 어느 쪽도 하지 않기로 마음먹고, 개가실에 있는 홀리에게서 몇 자리 떨어진 곳에 몸을 숨겼다. 검은 안경을 낀 홀리는 책상 위에 문학 책을 요새처럼 쌓아놓고 앉아 있었다. 홀리는 재빠르게 한 책에서 다른 쪽으로 휙휙 넘어가면서도 이따금 한 페이지를 오랫동안 들여다보기도 했다. 그럴 때면 마치 글자가 거꾸로 찍히기라도 한 양 언제나 찡그린 표정이었다. 또, 종이 위에 연필을 가만히 들고 있었다. 역시 이따금 그저 장난삼아 힘들게 끼적이긴 했지만 대부분은 아무것도 그녀의 환상을 잡을 수는 없는 것 같았다. 그녀를 보고 있노라니, 학창 시절에 알던 소녀, 공붓벌레 밀드레드 그로스먼이 생각났다. 축축한 머리카락과 기름 낀 안경의 밀드레드. 개구리를 해부하고 시위대에 커피를 가져다주느라 얼룩졌던 손가락. 천체의 화학적 톤수를 측정할 때만 들어서 별을 향하던 단조로운 눈. 하늘과 땅보다도 밀드레드와 홀리는 극과 극으로 달랐지만, 내 머릿속에서는 두 사람이 샴쌍둥이처럼 이어졌고, 두 사람을 한데 이어 붙인 생각의 실은 이처럼 흘러갔다. 평균적 개성은 종종 모습을 바꾼다. 몇 년마다 우리 몸은 완전한 분해 수리를 겪는다. 바람직한 일이든 아니든, 우리가 변화한다는 것은 자연적인 현상이다. 그래도, 여기 절대로 변하지 않을 두 사람이 있었다. 바로 거기서 밀드레드 그로스먼은 홀리 골라이틀리와 공통점을 지녔다. 두 사람은 변하지 않을 것이었다. 너무 일찍 자기 성격을 받았기 때문에. 벼락부자처럼, 그 때문에 균형을 잃었다. 한 사람은 불안정한 현실주의자로 자기를 몰아넣었고, 다른 사람은 비뚤어진 낭만주의자가 되었다. 나는 두 사람이 미래에 같은 식당에 있는 모습을 상상해보았다. 밀드레드는 여전히 메뉴를 공부하며 영양가를 계산할 것이고, 홀리는 여전히 탐욕스럽게 메뉴에 있는 음식을 죄다 원할 것이었다. 두 가지는 결코 다르지 않았다. 두 사람은 똑같이 왼쪽에 낭떠러지가 있다는 사실을 별로 개의하지 않고 결연한 걸음으로 인생을 헤쳐나갈 것이었다. 나는 그렇게 심오한 관찰을 하다가, 어디 있는지를 까맣게 잊어버렸다. 정신이 퍼뜩 들자, 도서관의 어스름 속에 앉아 있는 내 모습에 화들짝 놀랐다. 더욱 놀랐던 것은 홀리가 아직도 거기 있었기 때문이었다. 벌써 7시가 지난 시각이었다. 홀리는 립스틱을 새로 바르고 외모를 가다듬었다. 도서관에 적합하다고 스스로 여겼던 차림에서, 스카프와 귀걸이를 더함으로써 이제 콜로니 나이트클럽에 가도 될 만한 모습으로 바뀌었다. 홀리가 나간 후, 나는 책이 남아 있는 자리로 슬쩍 가보았다. 내가 보고 싶었던 바로 그대로였다. 《사우스 바이 선더버드South by Thunderbird》*,《알려지지 않은 브라질》,《라틴아메리카의 정치 정신》 등등이었다.

*미국 작가 허드슨 스트로드의 1937년 작품.

크리스마스이브에 홀리와 매그는 파티를 열었다. 홀리는 내게 일찍 와서 트리 장식을 도와달라고 부탁했다. 그들이 어떻게 그 나무를 아파트 안으로 들였는지 나는 아직도 잘 모르겠다. 맨 꼭대기 가지가 천장에 쓸릴 정도였고 아래 가지는 벽에서 벽까지 닿았다. 다 합쳐보면 그 나무는 록펠러 광장에서 성탄절 무렵 볼 수 있는 거인과 별반 다르지 않았다. 더욱이 그 트리를 다 장식하려면 록펠러의 재산 정도는 쏟아부어야 할 듯했다. 장식 구슬과 녹은 눈 같은 술 장식을 한도 끝도 없이 빨아들였다. 홀리는 울워스에 뛰어가서 풍선을 좀 훔쳐오겠다고 했다. 그리고 그 말을 실천에 옮겼다. 풍선을 달았더니 트리가 꽤 볼 만해졌다. 작업에 만족해서 축배를 들었을 때, 홀리가 말했다. "침실 좀 들여다봐요. 자기 줄 선물이 있으니까."

나도 홀리에게 줄 선물을 준비했다. 내 주머니에 든 작은 포장은, 빨간 리본이 묶여 침대에 떡 하니 놓여 있는 것을 보았을 때 한층 더 작게 느껴졌다. 아름다운 새장이었다.

"하지만, 홀리! 이건 너무하잖아요!"

"내 말이 바로 그 말이에요. 하지만 자기가 갖고 싶어 했잖아."

"돈이 얼만데! 자그마치 350달러야!"

홀리는 어깨를 으쓱했다. "화장실에 몇 번만 더 갔다 오면 되는걸. 하지만 내게 약속해요. 살아 있는 건 결코 그 안에 넣지 않겠다고 약속해요."

나는 홀리에게 입을 맞추려 했지만, 홀리가 한 손으로 막았다. "나도 줘요." 홀리는 주머니 속에 불룩한 것을 톡톡 두드렸다.

"약소할까 걱정되네요." 나는 말했고, 실제로 약소했다. 성 크리스토퍼*의 메달이었다. 하지만 적어도 티파니에서 산 것이었다.

홀리는 물건을 고이 간직하는 여자가 아니었으니, 아마 지금은 그 메달도 잃어버렸으리라. 여행 가방 속이나 호텔 서랍 속에 놔두고 잊어버렸을 것이다. 하지만 그 새장만은 여전히 내 것이었다. 나는 그걸 낑낑대면서 들고 뉴올리언스, 낸터켓, 전 유럽, 모로코, 서인도 제도까지 갔었다. 그렇지만 이젠 그 새장

---

*여행자들의 수호성인.

을 내게 준 사람이 홀리였는지는 거의 기억하지 않는다. 어느 순간 잊어버리기로 했기 때문이었다. 우리는 크게 다퉜고 우리의 태풍의 눈 속에서 돌고 돌던 물건 중에는 그 새장과 오제이 버먼, 대학 잡지에 실렸을 때 홀리에게 주었던 내 소설 사본이 있었다.

2월 언젠가, 홀리는 러스티, 매그, 호세 이바라예거와 함께 겨울 여행을 갔다. 우리의 언쟁은 홀리가 돌아온 직후에 일어났다. 홀리는 요오드처럼 갈색으로 탔고 머리카락은 햇볕에 바래 유령처럼 되었다. 그녀는 즐거운 시간을 보냈다고 했다. "음, 처음에는 키웨스트에 갔었어요. 러스티가 어떤 선원에게 화를 냈나, 그 반대였나 해서 어쨌든 평생 척추 지지대를 끼게 생겼다니까요. 불쌍한 매그도 결국엔 병원 신세를 졌어요. 1도 햇빛 화상. 참 역겹죠. 온통 물집이 생겨서 시트로넬라 기름을 듬뿍 바르고. 그 냄새를 참을 수가 없었지 뭐예요. 그래서 호세와 나는 병원에 두 사람을 놔두고 아바나로 갔어요. 그 사람은 리우를 볼 때까지 기다리라고 하지만요. 하지만 내가 보기엔 그래도 아바나를 못 당할걸요. 우리 안내원은 정말 멋졌어요. 대부분은 흑인 혈통인데, 중국인 피가 섞였대요. 나는 어느 쪽도 썩 좋아하진 않지만, 그 둘을 합치니까 정말 매력적이었어요. 그래서 그가 탁자 아래서 무릎을 슬쩍 만지도록 놔두었죠. 솔직히 그 사람이 평범하다고는 전혀 생각하지 않았거든요. 그런데 어느 날 밤 그 사람이 우리를 포르노 영화관에 데려갔는데, 어땠는 줄 알아요? 그 사람이 화면에 나오는 거예요. 물론 우리가 키웨스트로 돌아갔을 때, 매그는 내가 그동안 줄곧 호세랑 잤을 거라고 굳게 믿어버렸어요. 러스티도 마찬가지고요. 하지만 러스티는 별로 신경 쓰지 않았어요. 그저 자세한 얘기를 듣고 싶어 했을 뿐. 사실 매그와 마음을 터놓고 얘기할 때까지는 분위기가 꽤 싸늘했어요."

우리는 응접실에 있었다. 거의 3월이 다 되는 시점이었지만, 거대한 크리스마스트리는 갈색으로 변해 향기를 잃고 늙은 소의 젖통만큼 쪼그라들긴 했어도 여전히 대부분의 공간을 차지하고 있었다. 방 안에는 꽤 눈에 띄는 가구 하나가 늘어나 있었다. 군용 간이침대. 홀리는 열대성 분위기를 유지하려고 노력하면서 일광욕 등 아래 그걸 펼쳐놓았다.

"그래서 매그를 납득시켰어요?"

"호세와 자지 않았다고요? 어머, 그럼요. 그저 이렇게만 말했어요. 하지만 알겠죠, 고민 끝에 하는 고백처럼 들리게 하려고 노력하면서, 그냥 이랬죠, 나 동성애자라고."

"매그가 믿었을 리 없잖아요."

"안 믿긴, 무슨. 어째서 걔가 나가서 이 군용 간이침대를 사 왔겠어요? 나한테 맡겨요. 난 남 놀라게 하는 부분에 있어서는 언제나 일등이었으니까. 자기, 내 부탁 좀 들어줘요. 등에 기름 좀 발라줘요." 내가 시키는 대로 하는 동안, 그녀가 말했다. "오제이 버먼이 뉴욕에 왔어요. 하지만 들어봐요, 내가 잡지에 실린 자기 이야기를 오제이에게 줬어요. 아주 깊은 인상을 받던데요. 자기를 도와줘도 괜찮겠다고 생각하나 봐요. 하지만 자기가 길을 잘못 들었다고 말하던걸요. 흑인과 아이들 이야기라니. 누가 좋아하겠느냐면서?"

"버먼 씨는 아니겠죠."

"뭐, 나도 그 사람 생각이랑 같아요. 그 소설 두 번 읽어봤는데. 짜증 나는 애들이랑 흑인이랑. 떨리는 이파리. 게다가 묘사뿐이고. 아무 의미도 없잖아요."

홀리의 피부에 기름을 바르던 내 손에 자기만의 성질이 생긴 것 같았다. 그 손은 저절로 올라 그녀의 엉덩이 위로 철썩 내려앉고 싶어 했다. "예 하나만 줘봐요." 나는 조용히 말했다. "의미가 있는 건 뭔지. 당신 의견에 따르면."

"《폭풍의 언덕》이랄까." 홀리는 망설이지도 않고 말했다.

내 손의 충동은 통제할 수가 없을 정도로 점점 커져갔다. "하지만 그건 얘기가 안 되잖아요. 지금 말하는 건 천재의 작품인데."

"그랬죠, 그렇지 않았나요? '안녕히, 야성적이고 아름다운 나의 캐시.' 맙소사. 나 얼마나 울었는지 몰라요. 열 번은 봤다니까요."

"아." 눈에 띄게 안도의 기분이 담긴 '아'였다. 또한 부끄럽게도 한 단계 높아진 억양의 '아'이기도 했다. "그 영화."

홀리의 근육이 굳어졌다. 몸의 촉감이 마치 햇볕에 굳은 돌 같았다. "모두들 남보다 잘났다고 생각하고 싶어 하죠." 홀리가 말했다. "하지만 보통 그런 특권을 누리기 전에는 그럴 만하다는 증거를 약간이라도 내보이는 법인데."

"난 나와 당신을 비교하진 않아요. 버먼하고도. 그래서 잘났다고 생각할 순 없네요. 우린 원하는 게 다르니까."

"돈을 벌고 싶지 않다는 거예요?"

"그렇게 먼 일까지는 계획하지 않았어요."

"자기 소설이 바로 그렇게 들려요. 마치 끝을 모르고 쓴 것처럼. 뭐, 이 말은 해두죠. 자긴 돈은 버는 편이 좋을 거예요. 비싼 상상을 하잖아요. 자기에게 새장을 사줄 만한 사람은 많지 않아요."

"미안하군요."

"나를 한 대 치면 미안하겠죠. 1분 전만 해도 그러고 싶어 하던데. 손에서 느꼈어요. 지금도 그러고 싶은 모양이고."

나는 정말 그러고 싶었다. 몹시도. 오일 병 뚜껑을 닫는데 손이, 심장이 부들부들 떨렸다. "아, 아니에요. 난 그건 후회하지 않을 겁니다. 내가 미안한 건, 당신 돈을 내게 낭비해서예요. 러스티 트롤러한테 그 돈 벌려고 꽤 힘들게 노력했을 텐데."

홀리는 군용 침대에서 일어나 앉았다. 일광욕 전등 불빛 아래 비친 얼굴과 벗은 가슴은 차갑도록 파랬다. "여기서 저 문까지 가는 데 4초면 되겠죠. 난 2초 주겠어요."

나는 위층으로 가서 새장을 가지고 다시 내려와 홀리의 문 앞에 놓았다. 그걸로 해결되었다. 아니 그렇다고 생각했다. 다음 날 아침 출근하러 갈 때 그 새장이 쓰레기 수거차를 기다리면서 보도 옆 쓰레기통 위에 놓여 있는 것을 보기 전까지는. 약간 쑥스럽게, 나는 그 새장을 구해 도로 내 방에 갖다 놓았다. 이렇게 항복했다고 해서 홀리 골라이틀리를 영원히 내 삶에서 밀어내버리겠다는 결심이 사그라들진 않았다. 나는 그녀가 '천박한 과시욕 환자'라고 결론을 내려버렸다. '시간을 헛되이 쓰는 인간', '완벽한 가짜'라고. 다시는 말도 섞어서는 안 될 사람이라고.

그리고 정말 하지 않았다. 한동안은. 계단에서 서로 스칠 때면 눈을 내리깔고 지나갔다. 홀리가 조 벨의 가게에 들어오면 나는 나갔다. 한번은 1층에 사는 콜로라투라이자 롤러스케이트 애호

가인 마담 사피아 스파넬라가 이 사암 건물의 다른 세입자들에게 골라이틀리 양을 퇴거시키는 운동에 동참해달라는 청원서를 돌린 적이 있었다. 마담 스파넬라의 주장으로는, 홀리는 "도덕적으로 혐오스러우며" "밤새 잔치를 벌여 이웃의 안전과 위생을 위험에 빠뜨리는 범죄자"라는 것이었다. 비록 나는 서명하지 않겠다고 거절했지만, 속마음으로는 마담 스파넬라가 불평할 만한 명분이 있고도 남는다고 여겼다. 하지만 청원은 실패했고, 4월이 지나며 5월이 다가오자 창문을 열어도 될 만한 따뜻한 봄 밤은 2호에서 발산하는 파티의 소음과 시끄럽게 울려대는 축음기 소리, 마티니에 젖은 웃음소리로 선연히 물들었다.

홀리를 찾아오는 손님 중에서 의심스러운 인간을 마주치는 일은 전혀 신기하지 않았다. 되레 반대라 할 만했다. 하지만 그해 늦은 봄, 어느 날 나는 사암 건물의 현관을 지나치다 아주 수상쩍은 남자가 홀리의 우편함을 뒤지는 것을 보았다. 산전수전을 다 겪어 찌든 얼굴을 한 50대 초반의 남자로, 회색 눈이 쓸쓸해 보였다. 그는 땀에 전 낡은 회색 모자를 썼고, 연청색의 싸구려 여름 정장을 야윈 몸에 헐렁하게 걸쳤다. 갈색 신발은 새것이었다. 그는 홀리의 초인종을 누르려는 마음은 없어 보였다. 느릿하게 마치 브라유 점자를 읽듯 한 손가락으로 도드라지게 새겨진 홀리의 이름을 연신 쓸기만 했다.

그날 저녁, 밥 먹으러 가는 길에 그 남자를 다시 보았다. 그는 길 건너, 나무에 기대고 서서 홀리의 창문을 올려다보고 있었다. 불안한 추측이 내 머릿속으로 밀려 들어왔다. 저 사람 형사인가? 아니면 싱싱 교도소에 있는 친구 샐리 토마토와 연관된 암흑가 요원인가? 이런 상황이 되자 홀리에게 품었던 살가운 정이 되살아났다. 우리가 아무리 오래 척을 지고 있었더라도 이런 불편한 관계는 끝내고 홀리에게 감시당하고 있다는 사실을 알려주는 게 옳은 행동이 아닐까. 내가 모퉁이를 돌아 동쪽 79번가와 매디슨 로 교차로에 있는 햄버그 헤븐을 향할 때, 남자의 관심이 내게 쏠리는 것이 느껴졌다. 이윽고, 고개를 돌리지도 않았지만 그가 나를 미행하고 있다는 눈치가 왔다. 휘파람 부는 소리가 들렸기 때문이었다. 평범한 음률이 아니라, 홀리가 기타로 이따금 연주하곤 하던 구슬픈 대초원 노래였다. "잠들고 싶지 않네, 죽고 싶지 않네, 하늘의 초원을 여행하고 싶을 뿐이네." 휘파람 소리는 파크 대로를 지나 매디슨까지 올라왔다. 한번은 신호등이 초록색으로 바뀌기를 기다리는 동안 나는 곁눈질로 그가 몸을 숙여 나른한 포메라니안을 쓰다듬는 모습을 바라보았다. "이놈 참 괜찮네요." 그는 개 주인에게 거세고 촌스러운 억양으로 말을 걸었다.

    햄버그 헤븐은 텅 비었다. 그래도 남자는 긴 카운터테이블에서 바로 내 옆자리를 잡았다. 그에게서 담배와 땀 냄새가 났다. 그는 커피 한 잔을 주문했지만 나왔을 땐 손도 대지 않았다. 대신 이쑤시개를 씹으며 우리 맞은편 벽에 걸린 거울로 나를 뜯어보았다.

"실례합니다만." 나는 거울을 통해 그에게 말을 걸었다. "뭘 원하시죠?"

질문을 받고도 그는 당황해하지 않았다. 오히려 질문을 받아 안심하는 듯 보였다. "젊은이." 그가 말했다. "난 친구가 필요하다오."

그는 지갑을 하나 꺼냈다. 그의 가죽 같은 손만큼이나 낡아빠져서 찢어지기 직전이었다. 그는 그처럼 바삭거리고 구겨지고 흐릿한 스냅사진 한 장을 건넸다. 사진에는 일곱 사람이 찍혀 있었다. 모두 을씨년스럽게 푹 꺼진 현관 앞 베란다 위에 모여 있었다. 이 남자 말고는 모두 어린이였고, 남자는 통통한 금발 소녀의 허리에 팔을 감고 있었다. 소녀는 햇빛이 눈이 부신지 한 손을 눈 위에 대고 있었다.

"이게 나요." 그는 자기 자신을 가리켰다. "이게 그 아이지……." 그는 통통한 소녀를 톡톡 두드렸다. "그리고 여기에 있는 애가." 그는 아마 색 머리카락의 껑다리 남자애를 가리켰다. "그 애 오빠 프레드요."

나는 '그 아이'를 다시 보았다. 그래, 이 실눈을 뜨고 뺨이 통통한 아이에게서 홀리와 태앗적 닮은꼴을 찾아볼 수 있었다. 동시에 나는 이 남자가 누구일지 알아차렸다.

"홀리의 아버지시군요."

남자는 눈을 깜박이더니 얼굴을 찡그렸다. "개 이름은 홀리가 아니라오. 룰러매 반스지. 아니 그랬었지." 그는 입에 문 이쑤시개를 반대로 옮겼다. "나랑 결혼할 때까지는. 난 그 아이 남편이오. 닥Doc 골라이틀리. 난 말 전문 수의사라오. 농사도 좀 짓고. 텍사스 주 튤립 근처에서. 젊은이, 왜 웃지?"

진짜로 웃는 웃음은 아니었다. 그저 신경질적인 반응이었다. 나는 물을 한 모금 마셨지만 그만 사레가 들려버렸다. 남자가 내 등을 두드려주었다. "이건 전혀 웃을 일이 아니라오, 젊은이. 난 이제 지쳤어요. 5년이나 내 아내를 찾아다녔지. 프레드에게 동생이 어디 있는지 알리는 편지를 받자마자 그레이하운드 버스표를 사서 여기 왔어요. 룰러매는 남편과 애들이 있는 집에 있어야 하지 않겠소."

"아이들이요?"

"애들이 바로 그 사람 아이들이라오." 그는 거의 소리를 지르다시피 했다. 사진에 나온 다른 어린 얼굴들을 뜻하는 것이었다. 맨발 소녀 둘과 멜빵바지를 입은 소년 둘. 참도 그렇겠군. 이 남자는 정신이 나간 사람이었다.

"하지만 홀리가 이 아이들의 엄마가 될 순 없잖습니까. 홀리보다도 나이가 많은데. 더 크고요."

"잘 들어요, 젊은이." 그는 차근차근 따지는 목소리로 말했다. "난 그 사람이 애들을 낳았다고는 하지 않았소. 걔들의 소중한 친엄마, 소중한 여자, 하느님 그 사람의 영혼을 굽어 살피소서, 그 사람은 1936년 7월 4일 독립기념일에 세상을 떠났어요. 몹시 가물던 해였지. 내가 룰러매와 결혼한 건 1938년 12월이었소. 그 사람이 열네 살 되던 때였지. 아마도 보통 사람이라면, 고작 열네 살에 사리분별을 할 수 없었겠지. 하지만 룰러매 알잖소. 그 사람은 남다른 여자였어요. 내 아내와 애들 엄마가 되겠다고 약속했을 땐 자기가 뭘 하는지 똑똑히 알고 있었어요. 그렇게 도망가버렸을 땐 우리가 얼마나 마음에 상처를 받았는지." 그는 차갑게 식은 커피를 홀짝거리더니 뭔가 찾듯 진지하게 내게 눈길을 돌렸다. "자, 젊은이. 내 말이 의심스럽소? 내가 한 말이 미심쩍다 생각하는 거요?"

난 믿었다. 사실이 아니라기엔 너무 허무맹랑한 이야기였다. 게다가 오제이 버먼이 처음 캘리포니아에서 홀리를 마주쳤다고 했을 때의 묘사와 꼭 맞아떨어졌다. "입을 열어도 이 여자가 애팔래치아 산골 처녀인지, 아니면 오클라호마 촌사람인지 알 수가 없지." 홀리가 텍사스 주 튤립 출신의 어린 아내였다는 사실을 짐작하지 못했다고 버먼을 탓할 수는 없을 것이었다.

"그렇게 도망가버렸을 땐 우리는 무척 마음에 상처를 받았어요." 수의사는 되풀이했다. "그럴 이유가 아무것도 없었소. 집안일은 딸들이 다 했지. 룰러매는 그냥 편하게 지냈어요. 거울 앞에서 수선을 떨고 머리나 감고. 우리는 소도 있고, 뜰도 있고, 닭에, 돼지에. 그 사람은 날로 포동포동 살이 쪘다오. 오빠는 거인처럼 키가 껑충 자랐지. 우리에게 왔을 때랑 겉모습부터 달라졌어요. 넬리였소, 우리 장녀. 그 애들을 우리 집에 데려온 사람이 넬리였지. 어느 날 아침 걔가 나한테 오더니 이럽디다. '아부지, 부랑아 두 명을 부엌에 가둬놨어라. 걔들이 우유랑 칠면조 알 훔치는 걸 잡았지 뭐여요.' 그게 바로 룰러매와 프레드였소. 뭐, 그렇게 불쌍한 꼴은 아마 본 적이 없을 거요. 뼈가 살가죽 위로 다 튀어나오고, 다리는 앙상해서 서 있지도 못할 지경이었소. 이가 어찌나 심하게 흔들리는지 죽도 제대로 못 씹더이다. 사연인즉 이랬소. 그들 어머니가 결핵으로 죽고 아빠도 같은 병으로 죽었다더군. 줄줄이 딸렸던 애들은 뿔뿔이 흩어져서 다른 사람 집으로 보내지고. 그래서 룰러매와 그 오빠 둘은 튤립 동쪽으로 160킬로미터 떨어진 곳에 사는 심술궂고 쓸모없는 사람들 집에 살러 갔답디다. 그 집에서는 룰러매가 도망칠 이유가 충분히 있었어요. 하지만 내 집을 떠날 이유는 없었지. 거긴 그 사람 집이었소." 그는 두 팔꿈치를 테이블에 대고 손가락 끝으로 감은 눈을 꾹 누르더니 한숨을 지었다. "그런 아이가 정말 아름다운 여인으로 자랐소. 기운도 넘치고. 재잘재잘 수다도 잘 떨고. 무슨 화제가 나오든 척척 대꾸도 잘했지. 라디오보다도 나았어요. 무엇보다도 말해두고 싶은 건 나도 밖에 나가서 꽃을 따 왔다는 거요. 그 사람 위해 까마귀도 길들여서 그 여자 이름을 말할 수 있도록 가르쳐 선물로 주기도 했고. 기타 치는 법도 가르쳐주었소. 그저 그 사람을 보기만 해도 내 눈에 눈물이 났지요. 청혼하던 밤에 나는 엉엉 울어버렸다오. 그 사람이 그럽디다. '뭘 갖고 싶어서 우는 거예요, 닥? 물론 우린 결혼할 거예요. 난 이전에 결혼해본 적이 없거든요.' 뭐, 그러는데 웃지 않고 버틸 재간이 있나. 난 그녀를 꽉 끌어안았죠. 이전에 결혼해본 적이 없다니!" 남자는 킬킬 웃으며 잠깐 이쑤시개를 씹었다. "이 여자가 행복하지 않았다는 말은 하지 마시오!" 그는 도전적으로 말했다. "우리 모두 이 사람을 떠받들며 살았어요. 파이 먹을 때면 모를까, 손가락 하나 까닥할 필요가 없었지. 머리나 빗고 보던 잡지 멀리 치울 때면 모를까. 집에 배달된 잡지를 다 치면 100달러어치는 됐을 거요. 봐요, 그게 화근이었소. 화려한 사진이나 보고. 꿈 같은 얘기나 읽고. 그 때문에 애가 길을 나서게 됐지. 매일 조금 더 멀리씩 갑디다. 1.5킬로미터, 그러고 집에 돌아왔죠. 그다음 날은 3킬로미터, 그러고 돌아오고. 그러다 어느 날은 계속 간 거고." 그는 두 손을 다시 눈 위에 댔다. 숨을 쉴 때마다 씩씩거리는 소리가 껴들었다. "내가 그 사람에게 주었던 까마귀가 날뛰어서 날려 보냈소. 여름 내내 그 우는 소리가 들렸지. 뜰에서, 정원에서, 숲에서. 여름 내내 그 망할 새가 불러댑디다, 룰러매, 룰러매."

골라이틀리는 구부정하게 웅크리고 오래전 여름의 소리에 귀를 기울이듯 아무 말 하지 않았다. 나는 계산서를 점원에게 가져갔다. 내가 계산을 하는 동안, 그가 옆에 와서 섰다. 우리는 함께 가게를 나와 파크 대로까지 걸었다. 서늘하고 바람 부는 저녁이었다. 바람 속에서 멋쟁이 차양이 펄럭였다. 우리 사이의 침묵이 지속되다 마침내 나는 입을 열었다. "하지만 그 사람 오빠는 어떻게 됐죠? 떠나지 않았나요?"

"떠나지 않았소." 골라이틀리는 헛기침을 했다. "프레드는 군대에서 받아줄 때까지 우리와 함께 있었소. 좋은 애라오. 말도 잘 다루고. 그 애는 도대체 룰러매가 무슨 바람이 들어 오빠와 남편, 애들을 놔두고 떠났는지 영문을 몰라 했다오. 하지만 프레드가 군대에 간 후에 룰러매에게 소식이 오기 시작했답디다. 요전날은 그 사람 주소를 써서 보냈어요. 그래서 데리러 왔죠. 분명 자기가 한 짓을 후회하고 있을 겁니다. 집에 돌아오고 싶을 거요." 그는 내가 자기 말에 동의해주기를 바라는 듯했다. 나는 그가 홀리, 혹은 룰러매의 달라진 모습을 보게 될 것 같다고 했다. "이봐요, 젊은이." 우리가 사암 건물 계단에 도착했을 때 그가 말했다. "친구가 필요하다고 부탁하지 않았소. 그 사람 놀라게 하고 싶진 않소. 겁주고 싶진 않아요. 그래서 머뭇거렸던 거지. 내 친구가 되어줘요. 내가 여기 왔다고 좀 알려줬으면 좋겠소."

골라이틀리 부인을 남편에게 소개한다는 생각에는 속 시원한 면이 있었다. 홀리의 불 켜진 창문을 올려다보면서 나는 그녀의 친구들이 거기 있길 바랐다. 이 텍사스 사람이 매그와 러스티, 호세와 악수를 나누는 장면을 그려보니 한층 더 속 시원했기 때문이었다. 하지만 닥 골라이틀리의 자존심 강하고 진지한 눈과 땀에 전 모자를 보니 그런 기대를 품었던 나 자신이 부끄러워졌다. 그는 건물 안까지 따라 들어와서 1층 계단에서 기다릴 준비를 했다. "내 행색이 괜찮나?" 그는 소매를 털고 넥타이 매듭을 조이면서 속삭였다.

홀리는 혼자 있었다. 문을 두드리자 즉시 나왔다. 실은, 외출하는 길이었다. 새틴 무도화를 신고 향수를 듬뿍 뿌린 것으로 보아 화려한 파티에 가려는 의도가 분명히 보였다. "어머, 멍청씨." 그녀는 장난스럽게 가방으로 나를 툭 쳤다. "지금은 서둘러 나가는 중이라 화해하기가 힘들겠네요. 화해는 내일 해요, 알았죠?"

"그럽시다, 룰러매. 내일까지도 여기 있으면."

그녀는 검은 안경을 벗고 가늘게 뜬 눈으로 나를 보았다. 그녀의 눈은 부서진 프리즘처럼 보였다. 파랑과 회색, 초록의 점이 깨진 조각처럼 반짝거렸다. "그에게 들었군요." 홀리는 작고 떨리는 목소리로 말했다. "오, 제발. 어디 있어요?" 홀리는 나를 쓱 지나쳐 복도로 뛰어갔다. "프레드!" 그녀는 계단 아래로 소리쳐 불렀다. "프레드! 어디 있어?"

닥 골라이틀리가 계단을 올라오는 발소리가 들렸다. 그의 머리가 난간 위로 나타나자 홀리는 뒤로 물러섰다. 겁먹은 모양이 아니라 실망의 껍데기 속으로 물러나는 모양이었다. 다음 순간, 남자가 쭈뼛쭈뼛 수줍게 그녀 앞에 섰다. "세상에, 룰러매." 그는 입을 열었다 망설였다. 홀리가 그가 누군지 알아보지 못하는 양 멍하니 바라보고 있었기 때문이었다. "어이, 여보." 그가 말했다. "여기선 밥도 제대로 안 주나? 깡말랐잖아. 내가 처음 봤을 때처럼. 눈이 때꾼하네."

홀리는 그의 얼굴에 손을 댔다. 손가락이 그의 턱과 짧게 돋은 수염이 실재하는지 확인했다. "안녕, 닥." 홀리는 부드럽게 말하며 그의 뺨에 키스했다. "안녕, 닥." 그녀는 행복하게 되풀이했고, 그는 갈비뼈가 으스러질 정도로 꽉 껴안으며 그녀를 들어 올렸다. 안도의 웃음이 훅 터져 나와 그를 흔들었다. "이런, 룰러매. 맙소사."

내가 옆을 밀고 지나쳐 내 방으로 올라가는데도 두 사람은 내 존재도 알아채지 못했다. 또한 둘 다 마담 사피아 스파넬라가 문을 열고 소리치는데도 의식도 하지 않는 듯했다. "입 닥쳐요! 부끄러운 줄도 모르고! 그렇게 몸이나 팔려거든 다른 데 가서 해!"

"그 사람이랑 이혼했냐고요? 물론 이혼한 적은 없죠. 그때 난 고작 열네 살이었는데. 그 결혼 자체가 법적일 리가 없었고." 홀리는 빈 마티니 잔을 톡톡 두드렸다. "두 잔 더요. 친애하는 벨 아저씨."

우리가 앉아 있는 바의 주인 조 벨은 마지못해 주문을 받았다. "너무 일찍부터 폭주하는 것 아냐." 조는 투덜거리면서 툼스를 우적우적 씹었다. 바 뒤에 걸린 검은 마호가니 시계에 따르면 아직 정오도 되지 않은 시각이었지만 벌써 세 번째 잔이 돌고 난 다음이었다.

"하지만 일요일인걸요, 아저씨도. 일요일에는 시계도 느리게 가잖아요. 게다가 아직 침대에 든 적도 없고." 홀리는 조에게 말하더니 내게 슬며시 속삭였다. "잠을 자러는 안 갔다는 거죠."

홀리는 얼굴을 붉히더니 괜히 찔리는 양 눈길을 돌렸다. 우리가 알고 난 후 처음으로, 홀리는 자기를 변호할 필요를 느끼는 듯했다. "뭐, 그럴 수밖에 없었어요. 닥은 날 정말로 사랑하거든요. 나도 그 사람 사랑하고. 당신 보기엔 그 사람이 늙고 초라할지 모르겠지만. 하지만 그 사람이 얼마나 다정한지 몰라서 그래요. 게다가 새나 애들, 뭐 온갖 연약한 것들에게 자신감도 꽉꽉 넣어주고. 누군가에게 그런 자신감을 받는다면 정말 큰 신세 지는 거예요. 난 항상 기도할 때마다 닥도 생각한답니다. 아, 제발 히죽거리지 마요." 홀리는 쏘아붙이면서 담배를 눌러 껐다. "나도 기도 정도는 한다고요."

"히죽거린 적 없는데. 그저 미소를 살짝 띤 거지. 당신은 정말 세상에서 가장 놀라운 사람이에요."

"나도 그런 것 같아요." 아침 햇살을 받아 약간 멍이 든 듯 창백했던 얼굴이 밝아졌다. 홀리는 부스스한 머리카락을 매만졌다. 머리카락 색깔이 샴푸 광고처럼 반짝였다. "나 아마 되게 흉하게 보일 거야. 하지만 안 그럴 사람 없을걸요? 우린 밤새 버스터미널을 돌아다녔거든요. 마지막 순간까지도 닥은 내가 같이 간다고 생각했어요. 내가 계속 말했는데도. 하지만, 닥, 나 이제 열네 살 아니에요. 룰러매도 아니고. 하지만 끔찍한 건 말이죠 (우리가 거기 서 있는 동안 깨달았지 뭐예요), 실은 나는 아직도 똑같아요. 나는 여전히 칠면조 알이나 훔치고 들장미 덤불 속을 헤치며 달리고 있어. 다만 지금은 그걸 '심술궂은 빨강이 있다'로 부를 뿐이지."

조 벨은 새로 만든 마티니 잔을 멸시하는 태도로 우리 앞에 탁 내려놓았다.

"벨 아저씬 야생 동물은 절대 사랑하지 마요." 홀리가 충고했다. "그게 바로 닥의 실수였죠. 그는 항상 집에 야생 동물들을 안고 들어왔었어. 날개를 다친 매라든가. 한번은 다리가 부러진 다 자란 살쾡이를 데려왔지 뭐예요. 하지만 야생 동물에겐 마음을 주면 안 돼. 마음을 주면 줄수록 걔들은 더 강해지니까. 강해져서 숲 속으로 도망가버려. 아니면 나무 위로 날아가든가. 그다음에는 더 큰 나무로 날아오를 거고. 그다음에는 저 하늘로. 그렇게 끝나는 거예요, 아저씨. 야생 동물을 사랑하게 되면. 나중에는 결국 하늘만 바라보며 끝."

"얘, 취했군." 조 벨이 내게 알렸다.

"살짝 취했죠." 홀리는 고백했다. "하지만 닥은 내 말뜻 알았어요. 아주 조심스럽게 설명했거든요. 그 사람이 이해할 수 있는 얘기였어요. 우리는 악수를 하고 포옹했어. 그 사람은 나한테 행운을 빈다고 말하고." 홀리는 시계를 힐끔 보았다. "지금이면 블루 산맥쯤 갔겠네."

"얘 대체 무슨 얘기 하는 건가?" 조 벨이 내게 물었다.

홀리는 마티니 잔을 들었다. "닥에게도 행운을 빌어줄까요."

홀리는 자기 잔을 내 잔에 갖다 댔다. "행운을. 그리고 내 말 믿어요, 사랑하는 닥. 하늘을 바라보는 편이 하늘에 사는 것보다는 더 좋답니다. 무척 공허한 곳이에요. 무척 흐릿하고. 천둥이 치면 다들 사라지는 그런 나라일 뿐이야."

"트롤러 네 번째 결혼." 지하철을 타고 브루클린 어느 역인가 지날 때 그 머리기사를 보았다. 다른 승객이 읽던 신문에 떡 실려 있는 기사였다. 내게는 글자가 군데군데 보일 뿐이었다. "러더퍼드 '러스티' 트롤러, 친 나치 동조자로 비난받던 바람둥이 백만장자가 어제 그리니치행. 눈이 맞은 상대는 아름다운……." 더 이상 읽고 싶었던 것도 아니었다. 홀리가 그 사람이랑 결혼했구나. 그래, 그래. 지금 전차 바퀴 아래로 들어가고 싶은 심정이었다. 하지만 그 기사를 보기 전에도 이미 그런 심정이기는 했었다. 머릿속 한가득한 이유로. 조 벨 술집에서 거나하게 취했던 일요일 이후로는 홀리를 제대로 본 적이 없었다. 그사이 몇 주 동안 나에게도 나름대로 심술궂은 빨강이 올라왔다. 먼저, 직장에서 잘렸다. 그래도 할 말 없는 경우였는데, 여기서 설명하기에는 약간 복잡한 웃긴 잘못을 저질렀기 때문이었다. 또, 담당 병무청에서 불편하게 관심을 보이고 있었다. 군대처럼 획일적인 작은 마을을 벗어난 지 얼마 안 되는지라, 또 다른 형태의 규율에 맞춘 생활로 들어간다는 생각을 하니 절박해졌다. 입대 여부가 불확실하기도 하고 구체적 경험이 부족하기도 한 상황에선 다른 직업을 찾을 수 없을 성싶었다. 그래서 바로 브루클린을 지나는 지하철 안에 있는 것이었다. 지금은 폐간된 신문, 〈PM〉의 당시 편집장과 기운 빠지는 면접을 하고 돌아오는 길. 이 모든 일들에 도시의 여름 더위까지 합쳐져서 불안하게 무기력한 상태로 떨어지고 말았다. 그러니, 전차 바퀴 아래로 들어가고 싶은 심정이라는 말엔 어느 정도 진심도 있었다. 거기에 그 기사까지 보니 그런 마음이 한층 더 강렬해졌다. 홀리가 그 '황당한 갓난아이'와 결혼을 한다면, 이 세계에 만연하는 온갖 잘못이 군대처럼 내 위로 행군하여 밟고 지나는 것이나 다름없었다. 아니면, 확실히 따져보면, 이런 분개심은 약간은 내가 홀리를 사랑하고 있기 때문에 비롯된 결과일까? 약간은. 내가 그녀를 사랑했었기 때문에. 어머니 집에 있던 나이 든 흑인 요리사나 배달할 때 나를 데리고 다녔던 집배원이나 맥켄드릭이라는 이름의 온 가족을 내가 한때 사랑했었던 것처럼. 그런 범주의 사랑이라도 질투심을 자아낸다.

  내릴 역에 도착해서 신문을 한 부 샀다. 아까 보았던 문장을 이어서 읽어보고 러스티의 신부가 누군지 알아냈다. "아름다운 잡지 모델, 아칸소 출신의 마거릿 대처 피츠휴 와일드우드 양." 매그! 안도감에 다리가 풀려서 집까지 남은 길은 택시로 왔다.

복도에서 마담 사피아 스파넬라를 만났다. 마담은 정신 나간 눈빛으로 두 손을 쥐어짜고 있었다. "뛰어가요." 마담이 말했다. "경찰 좀 불러요. 저 여자가 사람을 죽여요! 누가 저 여자를 죽이고!"

소리로는 그렇게 들렸다. 홀리의 아파트에 호랑이 몇 마리를 풀어놓은 듯했다. 유리가 깨지고, 뭔가 찢어지고 떨어지고, 가구가 뒤집히는 등 아수라장이었다. 하지만 그 소동 안에는 싸우는 소리가 전혀 들리지 않는다는 게 부자연스러웠다. "뛰어가요." 마담 스파넬라가 나를 밀며 비명을 질렀다. "경찰에 살인 사건이라고 신고해요!"

나는 뛰었다. 하지만 위층 홀리의 문 앞까지만. 문을 쿵쿵 두드렸더니 한 가지 결과가 빚어졌다. 소동이 잦아들었다. 동시에 딱 그쳐버렸다. 하지만 들어가게 해달라고 아무리 사정해도 대답은 없었고, 문을 부수려는 노력은 그저 멍든 어깨로 귀결되었을 뿐이었다. 그때 아래층에서 마담 스파넬라가 새로 온 사람에게 경찰서로 가라고 명령하는 소리가 들렸다. "닥쳐요." 하지만 마담 스파넬라는 핀잔만 들었을 따름이었다. "내 앞에서 비키고."

호세 이바라예거였다. 그는 전혀 멋진 브라질 외교관처럼 보이지 않았다. 땀을 뻘뻘 흘리고 겁을 잔뜩 집어먹은 모습이었다. 그는 내게도 비키라고 했다. 그러더니 자기 열쇠를 이용해서 문을 열었다. "여기 안입니다, 골드먼 박사님." 그는 따라온 남자에게 손짓을 했다.

막은 사람이 아무도 없었기 때문에 나도 그들을 따라 아파트 안으로 들어갔다. 방 안은 엉망진창이었다. 마침내 크리스마스트리는 말 그대로 분해되었다. 갈색으로 마른 나뭇가지는 찢어진 책과 부서진 전등, 레코드판으로 뒤범벅이 된 한가운데 뻗어 있었다. 심지어 냉장고도 텅 비었고, 그 안에 들어 있던 물건들이 방 여기저기에 널려 있었다. 날달걀이 벽에서 미끄러져 내렸다. 이 잔해의 한가운데에서는 홀리의 이름 없는 고양이가 바닥에 고인 우유를 조용히 핥고 있었다.

침실 안, 부서진 향수병에서 나는 냄새 때문에 구역질이 났다. 나는 홀리의 검은 안경을 밟았다. 바닥에 내던져진 안경은 벌써 렌즈가 깨졌고 테가 반으로 갈라졌다.

어쩌면 그래서 침대에 굳은 모습으로 누워서 호세를 멍하니 쳐다보는 홀리가 의사를 보지 않는 듯 보였는지도 몰랐다. 의사는 홀리의 맥을 짚어보더니 중얼거렸다. "젊은 아가씨가 피곤해서 그래. 아주 피곤해서. 자고 싶지 않아요? 좀 자요."

홀리가 이마를 문지르자 베인 손가락에서 흐르는 피로 얼룩이 졌다. "자라고요." 그녀는 진이 다 빠지고 짜증스러운 아이처럼 칭얼댔다. "나를 재워줄 사람은 한 사람뿐인데. 추운 날엔 그 몸을 꼭 껴안고. 멕시코에 땅을 봐뒀단 말이에요. 말도 있는 곳으로. 바다 옆에."

"말도 있는 곳, 바다 옆에." 의사가 검은 가방에서 주사를 고르며 자장가를 읊었다.

호세는 바늘을 보자 불안한 듯 고개를 돌렸다. "병은 오직 상심 때문입니까?" 호세의 서투른 영어 때문에 질문에는 의도치 않게 비꼬는 기색이 깃들었다. "그저 슬퍼하는 겁니까?"

"조금도 아프진 않았죠? 아팠어요?" 의사는 자부심 있게 면솜으로 홀리의 팔을 톡톡 두드리며 물었다.

그녀는 어느 정도 정신이 들어 의사에게 초점을 맞췄다. "모두 다 아파요. 내 안경은 어디 있죠?" 하지만 굳이 안경은 필요 없었다. 그녀의 눈은 저절로 감겼다.

"그저 슬퍼서 그런 거요?" 호세가 끈질기게 물었다.

"제발, 선생." 의사가 아주 무뚝뚝하게 대꾸했다. "환자와 둘만 있도록 놔두시죠."

호세는 응접실로 물러갔다가, 살금살금 들어와 기웃거리는 마담 스파넬라를 보고 화풀이를 했다. 호세가 포르투갈어로 욕하며 문으로 몰아내자, 마담은 되레 을러댔다. "내게 손대지 마요! 그랬다간 경찰 부를 거야."

그는 나도 내쫓을까 생각했다. 아니, 표정을 보고 그런 생각이리라고 나는 짐작했다. 하지만 쫓아내기는커녕 그는 내게 술 한잔하지 않겠느냐고 권했다. 거기서 유일하게 찾아낸 깨지지 않은 병에는 독한 베르무트가 들어 있었다. "걱정이 있어요." 그가 속마음을 털어놓았다. "이 때문에 추문이 생길까 봐 걱정이 돼요. 저 사람이 이렇게 부수며 난리를 피웠으니. 미친 사람처럼 행동하고. 전 공적인 추문을 일으키면 안 됩니다. 너무 복잡해요. 내 이름이나, 내 일이나."

내가 '추문'이 일어날 이유가 없어 보인다고 하자 그는 기운이 솟는 듯했다. 자기 물건을 자기가 부수는 건 추측이긴 해도 사적인 사건이라고 하니.

"그저 상심의 문제예요." 그는 확고히 단언했다. "슬픈 소식이 오자 먼저 마시던 술을 내던졌습니다. 병이랑. 그다음엔 책. 그런 후엔 전등을. 그러자 나는 겁이 났습니다. 그래서 서둘러 가서 의사를 불러왔습니다."

"하지만 왜요?" 나는 궁금했다. "어째서 러스티를 두고 저렇게 발작한 거죠? 나라면 축하를 했을 텐데."

"러스티?"

나는 아직도 신문을 들고 있었으므로, 호세에게 기사를 보여주었다.

"아, 그거." 그는 약간 업신여기듯 씩 웃었다. "그 사람들 우릴 크게 도와준 겁니다, 러스티와 매그가. 우린 그걸 두곤 웃어 버렸습니다. 그 사람들은 자기들이 우리 마음에 상처 줬다고 생각하는지 모르겠지만 우리는 줄곧 두 사람이 도망가길 바랐습니다. 확실히 말해두는데, 우리가 웃고 있을 때, 슬픈 소식이 온 겁니다." 그의 눈이 바닥에 널린 잡동사니를 훑었다. 그는 노란 종이 뭉치를 집어 들었다. "이거요."

텍사스 주 튤립에서 온 전보였다. "프레드가 해외에서 작전 중 전사했다는 통지 받았음 마침표 남편과 아이들 모두 소중한 사람 잃어버린 슬픔 함께함 마침표 편지하겠음 사랑하는 닥 마침표"

홀리는 오빠 얘기를 다시 꺼내지 않았다. 딱 한 번을 빼고는. 더욱이 그녀는 이제 나를 프레드라 부르지도 않았다. 6월, 7월. 따뜻한 계절 내내 홀리는, 봄이 왔다가 가버린 줄 모르는 겨울 동물처럼 겨울잠을 잤다. 머리카락 색깔은 진해졌고 살이 붙었다. 옷에는 약간 무심해졌다. 레인코트 아래는 아무것도 입지 않고 식품점까지 뛰어갔다 오곤 했다. 호세가 아파트로 이사를 왔고 우편함에는 매그 와일드우드 이름 대신 그의 이름이 붙었다. 그래도 홀리는 홀로 있는 시간이 많았다. 호세는 일주일에 사흘은 워싱턴에 머물렀으니까. 그가 없는 동안에는 홀리는 아무와도 어울리지 않았고 아파트에서 별로 나가지도 않았다. 다만 목요일에는 매주 그러듯 오시닝에 갈 뿐이었다.

그렇다고 해서 홀리가 삶에 흥미를 잃었다는 뜻은 아니었다. 멀리서 보면 훨씬 더 만족스러워 보였고 이제까지 본 중에서 가장 행복해 보이기까지 했다. 갑작스레 홀리답지 않게 가사에 뜨거운 열의를 보이면서 역시 홀리답지 않은 물건들을 몇 가지 사들였다. 파크버넷 경매에서는 사냥개에 몰린 수사슴이 수놓인 태피스트리를, 윌리엄 랜돌프 허스트 경매에선 고딕풍의 음울한 '안락'의자 두 개를 샀다. 또 모던 라이브러리 고전 전집을 사고, 책장 가득 클래식 음반을 꽂았으며, 메트로폴리탄 박물관 소장 복제품을 수도 없이 샀다. (그중에는 중국 고양이 조각도 있었는데, 그녀의 고양이가 어찌나 싫어했는지 그것만 보면 씩씩거리다 나중에는 결국 깨버렸다.) 또, 웨어링제 믹서와 압력솥은 물론, 도서관을 차려도 될 만큼 요리 책을 구입했다. 홀리는 찜통 같은 소형 부엌에서 주부다운 오후를 보내면서 줄창 흘리고 튀겼다. "호세 말로는 내 음식이 콜로니에서 내는 것보다 낫대요. 정말로, 내가 이런 타고난 재능이 있을 거라고 누가 꿈이나 꿨겠어요? 한 달 전만 해도 스크램블 에그도 못했는데." 말이 나왔으니 말이지만 여전히 못했다. 간단한 요리, 스테이크, 제대로 된 샐러드도 그녀의 능력 밖이었다. 대신, 호세에게, 가끔은 나에게 기이한 음식들을 먹였다. '오트르'* 수프(브랜디에 졸여 아보카도 껍질에 담은 거북), 네로 황제적 발명 요

---

*'극단적인', '괴상한'을 뜻하는 프랑스어.

리(석류와 감으로 속을 채운 꿩 구이), 그 외 다른 의심스러운 개발 요리(초콜릿 소스를 뿌린 치킨과 사프란 쌀밥. "동인도식 고전 요리예요, 자기"). 디저트를 만들 때는 전쟁 중이라 설탕과 크림 배급이 제한된 탓에 상상력을 마음껏 발휘할 수 없었지만 한번은 담배 타피오카라는 것을 만들어내기도 했다. 설명하지 않는 편이 나을 요리였다.

또, 포르투갈어를 완전히 익히겠다는 시도도 굳이 설명하지 않는 편이 나으리라. 홀리만큼이나 내게도 지루하기 짝이 없는 시련이었다. 내가 홀리를 찾아갈 때마다 링구아폰레코드*가 축음기 위에서 끊임없이 돌아가고 있었기 때문이었다. 이제 홀리가 말하는 모든 문장은 거의 이렇게 시작했다. "우리가 결혼한 후에는", "우리가 리우로 이사 갔을 때". 하지만 호세가 결혼 얘기를 넌지시라도 꺼낸 적은 한 번도 없었다. 홀리도 그 점은 인정했다. "하지만, 결국 내가 임신했다는 걸 그 사람이 알면. 뭐, 정말 했어요, 자기. 이제 6주차 넘어가는데. 왜 그렇게 놀라는지 모르겠네요. 난 별로 그렇지도 않은데. 조금도 놀라지 않았는걸. 기뻐요. 애는 적어도 아홉은 가지고 싶으니까. 분명 그 애들 중 몇은 약간 피부가 검겠지. 호세도 약간 '르 네그로'니까. 자기도 그건 짐작했겠죠? 나는 괜찮아요. 반짝이는 초록색 눈이

---

*어학 학습용 레코드 상표.

예쁜 검은 아이보다 더 예쁜 애가 어디 있겠어? 나 사실 바라는 게 있는데, 제발, 웃지 마요. 하지만 내가 바라는 건 호세를 위해서 내가 처녀였으면 하는 거예요. 그렇다고 사람들이 수군대는 것처럼 내가 따뜻하게 해준 남자가 셀 수 없이 많은 건 아니지만. 그런 말 하는 개자식들 욕할 것도 없어. 나도 늘 그런 톡 쏘는 말을 생각 없이 던지니까. 하지만, 사실, 요전날 밤 세어봤잖아요. 그랬더니 이제까지 사귀었던 연인은 열한 명밖에 안 되더라고요. 물론 열세 살 이전은 세지 않았죠. 왜냐하면, 어쨌든, 그런 건 셈에 넣을 수 없는 거니까. 열한 명이에요. 그거 가지고 내가 매춘부라고 할 수 있어요? 매그 와일드우드를 봐요. 허니 터커나. 로즈 엘렌 워드나. 걔들은 손뼉을 얼마나 많이 쳤는지 이젠 거의 박수갈채가 쏟아질 지경이잖아.* 물론, 매춘부가 뭐 잘못이 있다는 건 아니에요. 이것만 빼고. 그런 애들 몇 명은 말은 솔직히 할지 모르지만, 속은 하나도 솔직하지 못하지. 내 말은, 적어도 그 사람을 사랑한다고 믿도록 노력하지도 않으면서 남자랑 자고 그 사람 수표를 현금으로 바꿀 순 없다는 거예요. 난 한 번도 그런 적 없어. 심지어 베니 섀클릿이나 그 쥐새끼 같은 자식들이라도. 그들의 쥐새끼 같은 면에도 어떤 매력이 있다고 생각하려고 최면 같은 걸 걸었다니까. 실제로 닥을 제외하고

---

*'손뼉을 치다'에 해당하는 영어 단어 'clap'에는 '성병'이라는 뜻도 있다.

는, 닭을 셈에 넣고 싶다면요. 호세가 처음으로 쥐새끼 같지 않은 애인이에요. 아, 그 사람이 내가 생각했던 절대적인 종착역은 아니죠. 그 사람 자잘한 거짓말도 하고, 사람들이 어떻게 생각할지 너무 걱정해서 하루에 다섯 번이나 목욕을 한다니까요. 남자는 어떻게든 냄새를 풍기기 마련이니까. 그 사람은 너무 새침하고 너무 조심스러워서 내 이상형이 될 순 없어요. 옷을 벗을 땐 항상 등을 돌리고, 먹을 땐 쩝쩝 소리를 내고. 뜀박질을 할 때는 그 모습이 웃겨서 쳐다보고 싶지가 않아. 내가 만약 살아 있는 사람 중에 아무나 고를 수 있다면, 손가락만 한 번 튕기고 당신 이리 와요 말할 수만 있다면, 호세를 고르진 않을걸. 네루, 그 사람이 이상형에 더 가깝겠네요. 웬델 윌키.* 차라리 그레타 가르보가 낫겠어요. 안 될 게 뭐 있어? 사람은 남자든 여자든 결혼할 수 있어야죠. 자요. 자기가 어느 날 와서 경주마 맨오워랑 결혼하고 싶다고 해도, 난 당신 감정을 존중할 거예요. 아니, 진심이라니까. 사랑은 어떤 경우에도 허락되는 거예요. 난 적극 찬성. 이제 사랑이 뭔지 아주 뚜렷한 개념이 생겼어요. 난 호세를 사랑하니까. 그 사람이 그러라고 하면 담배도 끊을 거예요. 그 사람 친절하고, 내게 심술궂은 빨강이 올라올 때면 나를 웃겨서 빠져나올 수 있게 해줘요. 이젠 더 이상 그런 일도 없지

---

*1940년 미국 대선에서 루즈벨트의 상대로 나왔던 공화당 후보.

만. 물론 가끔 오긴 해도 그렇게 끔찍하지 않아서 세코날을 먹거나 티파니로 뛰어가거나 할 필요가 없어. 그 사람 옷을 세탁소에 맡기고, 속을 채운 버섯 요리를 만들고, 그래도 기분이 괜찮아요. 그냥 좋아. 또 하나, 이제 별자리 점도 보지 않아요. 그 망할 플라네타륨에 있는 망할 별 한 개마다 1달러씩은 썼을걸요. 정말 지겨워. 하지만 해답은, 좋은 일은 내가 좋은 사람일 때만 일어난다는 거예요. 좋은 사람? 단순히 정직하다는 뜻이 아니에요. 법을 잘 지킨다는 뜻의 정직도 아니고. 나 그날 재미있기만 하다면 무덤도 털 수 있어요. 죽은 사람 눈에 놓인 25센트 동전도 훔칠 수 있다고.* 그런 것 말고, 너 자신에게 충실하라는 식의 정직 말이에요. 뭐든 되어도 좋지만, 겁쟁이, 위선자, 감정적 사기꾼, 매춘부는 아니죠. 난 부정직한 마음으로 사느니 차라리 암에 걸리겠어. 착한 척하는 건 아니에요. 그저 현실적인 거지. 암에 걸리면 죽을지도 모르지. 하지만, 다르게 살면 확실히 죽어버릴 거야. 아, 그만해요, 기타 좀 갖다줘요. 완벽한 포르투갈어로 파두 한 곡 불러줄 테니."

여름의 끝을 향해, 또 다른 가을의 시작을 향해 뻗어가던 그 마지막 몇 주는 기억 속에서 흐릿하다. 어쩌면 서로에 대한 이해가, 이제 말보다 침묵으로 더 자주 소통하는 두 사람 사이에

---

*미국에서는 죽은 사람의 두 눈에 동전을 얹는 관습이 있다.

존재하는 달콤한 깊이에 도달했기 때문일 수도 있었다. 애정 어린 고요가 긴장감을 대신한다. 수다를 떨면서도 긴장이 감돌고 수선을 떨다가 보면 우정이 좀 더 과시적이고, 표면적인 의미에서 연극적인 순간이 되어버린다. 자주, 그 남자가 출장을 갈 때면(나는 그에게 적대적인 태도를 쌓았고, 이름을 부르는 일이 드물었다) 우리는 저녁 내내 함께 있어도 백 단어도 서로 나누지 않았다. 한번은 차이나타운까지 쭉 걸어가서 볶음국수로 저녁을 먹었다. 종이 등을 몇 개 산 후 선향 몇 개 훔치고 브루클린 다리까지 어슬렁어슬렁 거닐었다. 우리는 다리 위에 올라서서, 바다로 향하는 배들이 타오르는 지평선 위에 선 고층 건물들 골짜기 사이로 지나는 광경을 바라보았다. 홀리가 말했다. "지금부터 몇 년 후, 세월이 흘러 흘러 언젠가, 저 배 중 하나가 나를 도로 실어다주겠죠. 나와 내가 낳은 브라질 아이 아홉을. 왜냐하면 말이죠, 그래요, 애들도 이걸 봐야 하니까요. 이 등불, 이 강. 난 뉴욕이 좋아요. 비록 내 건 아니지만. 내 것이라면 그래야 할 것 같은 모습이 아니에요. 나무와 거리와 집. 내가 거기 속해 있기 때문에, 그것도 내게 속해 있는 것." 그래서 나는 말했다. "제발 입 닥쳐요." 분통 터지게도 남겨진 느낌이 들었다. 나는 건선거에 묶인 끌배인데, 그녀, 확고한 목적지가 있는 빛나는 항해자는 기적을 울리고 색종이 조각을 날리면서 부두를 내려가버렸다.

그리하여 그 며칠은, 마지막 며칠은 기억 속에서 떠돌 뿐이다. 가을처럼 어렴풋하고 낙엽처럼 모두 똑같이 바람에 날려간다. 내가 이제껏 살았던 어떤 날과도 똑같지 않았던 그날이 오기까지는.

그 일은 공교롭게도 9월 30일, 내 생일에 벌어졌다. 내 생일이라는 사실이 사건에 별다른 의미가 있지는 않았다. 다만, 내 가족이 그날을 금전이라는 형태로 기억해주기를 기대하는 마음으로 열심히 집배원의 아침 배달을 기다리고 있었다는 것만 빼면. 사실, 나는 아래층에 내려가서 집배원을 기다렸다. 내가 현관에서 서성거리지 않았다면 홀리가 내게 승마를 가자고 청하는 일도 없었을 것이었다. 그리하여 내 인생을 구할 기회도 갖지 못했을 것이었다.

"가요." 홀리는 집배원을 기다리는 나를 보자 말했다. "말 타고 공원 좀 돌자고요." 그녀는 바람막이에 청바지를 입고 테니스 신발을 신고 있었다. 그녀는 배가 얼마나 납작한지 보라는 듯 찰싹 두드렸다. "내가 이 후계자를 잃어버리려고 나간다는 생각은 마요. 하지만 말이 있거든요. 내가 사랑하는 메이벨 미네르바. 메이벨 미네르바에게 작별 인사를 하지 않고는 떠날 수 없으니까."

"작별 인사요?"

"다음 주 토요일. 호세가 비행기 표를 샀어요." 약간 망연자실한 머리로 나는 그녀에게 이끌려 거리로 내려갔다. "마이애미에서 비행기 갈아타요. 그다음에는 바다를 건너가죠. 안데스를 넘어. 택시!"

안데스를 넘어. 택시를 타고 센트럴파크를 가로지르는 동안 나 또한 날아가는 기분이 들었다. 눈 쌓인 봉우리 위를 쓸쓸히 떠돌아 위험한 영토로.

"하지만 그럴 순 없어요. 어쨌든, 어떻겠어요. 음, 어떻겠냐고요. 뭐, 정말로 도망가서 모두를 떠나버릴 순 없죠."

"날 그리워하는 사람이 있을 것 같진 않은데. 난 친구가 없으니까."

"나 있잖아요. 그리워할 거예요. 조 벨도 그렇고. 그리고, 아, 수백만 명이 있잖아요. 샐리처럼. 불쌍한 토마토 씨."

"샐리 아저씨는 사랑했죠." 홀리는 말하면서 한숨지었다. "한 달 동안이나 아저씨 못 보러 간 것 알았어요? 내가 멀리 갈 거라고 말했을 때, 아저씨는 천사처럼 너그럽게 대답하더라고요. 실제로." 홀리는 얼굴을 찡그렸다. "아저씨는 내가 이 나라를 떠난다니까 기뻐하는 것 같았어요. 아저씨는 그게 최선이라고 말했어요. 왜냐하면 조만간 문제가 있을지도 모르니까. 내가 아저씨의 진짜 조카가 아니라는 게 밝혀지면 말이죠. 그 뚱보 변호사, 오쇼네시 씨 말이에요, 오쇼네시 씨가 나한테 500달러를 보냈어요. 현금으로. 샐리가 보내는 결혼 선물이라고."

나는 심술을 부리고 싶었다. "나한테도 선물을 기대해봐요. 만약, 정말 결혼을 한다면."

홀리는 웃었다. "그 사람은 나랑 결혼할 거예요. 당연히 하겠죠. 성당에서. 그 사람 가족도 거기 있을 거고. 그래서 우리는 리우에 갈 때까지 기다리는 거죠."

"당신이 벌써 결혼했다는 사실을 그 사람도 알아요?"

"자기 왜 이래요? 오늘 하루 망치려는 거예요? 오늘처럼 아름다운 날에. 가만히 좀 놔둬요!"

"하지만 그럴 가능성이 농후하잖……."

"그럴 가능성 없어요. 말했잖아요, 법적 결혼이 아니었다고. 그럴 수도 없고." 홀리는 코를 문지르면서 나를 곁눈질로 흘끔 보았다. "누구한테 입 뻥긋하기라도 해봐요, 자기. 발가락을 잡아 거꾸로 매달고 가죽을 벗겨서 돼지에게 입힐 테니."

마구간은—지금은 텔레비전 스튜디오로 바뀐 것 같지만—웨스트 66번가에 있었다. 홀리는 늙어 척추가 휘었으며 검은 털과 흰 털이 섞인 암말을 골랐다. "걱정 마요. 요람보다 안전하니까." 내 경우에는 이런 보증이 꼭 필요했다. 어린 시절 축제에서 10센트 주고 조랑말 타본 것이 내 승마 경험의 한계였기 때문이었다. 홀리는 내가 안장에 걸터앉도록 도와주고 자기 말, 은색 말을 올라타고 앞장섰다. 우리는 센트럴파크 서쪽 차로를 건너 천천히 걸어, 나뭇잎 무늬가 어른거리는 승마 전용길로 들어섰다. 낙엽을 벗겨내는 산들바람이 춤추며 돌아다녔다.

"봤죠?" 홀리가 소리쳤다. "멋져요!"

그러자 갑자기 그렇게 되었다. 갑자기, 빨갛고 노란 잎사귀의 빛에 비쳐 번쩍거리는 홀리의 뒤얽힌 머리 색깔을 보니 나 자신을, 자기 동정 어린 절망을 잊을 만큼 그녀가 사랑스러웠다. 또, 그녀가 행복하게 여기는 일이 실제 일어난다는 사실이 기뻤다. 말이 아주 부드럽게 뛰기 시작했고, 바람 물결이 우리 주변에서 찰랑거리며 얼굴을 쳤다. 우리는 햇빛과 그림자의 웅덩이를 드나들었다. 기쁨, 살아 있다는 환희가 질소 한 컵을 마신 양 몸을 흔들고 흘러갔다. 그건 한순간이었다. 다음 순간에는 무시무시한 가면을 쓴 광대극이 벌어졌다.

별안간, 정글 잠복 부대의 야만적인 대원처럼 흑인 소년 한 무리가 길에 늘어선 덤불에서 뛰어나왔다. 고함을 지르고, 욕설을 내뱉으며, 소년들은 돌을 던지고 말의 엉덩이를 나뭇가지로 쳤다.

내 말, 검고 흰 털의 암말은 뒷다리로 일어서더니 히잉 울고 외줄타기 곡예사처럼 비틀거리다 전광석화처럼 길을 달려갔다. 내 발이 등자에서 삐져나와 통통 튀는 바람에 말에 붙어 있기가 힘들었다. 말발굽에 짓눌린 자갈에서 섬광이 번쩍 튀었다. 하늘이 갸우뚱 기울었다. 나무, 작은 꼬마 돛단배들이 떠 있는 나무, 조각상들이 획획 스쳐 갔다. 우리가 미친 듯 다가가자 보모들이 아이들을 구하려고 뛰어들었다. 남자들, 공원 부랑자들과 다른 사람들이 고함을 질렀다. "고삐를 당겨요!" "워, 여봐요, 워어!" "뛰어!" 이 목소리들도 나중에야 기억이 난 것뿐이다. 그때는 그저 홀리만 의식했다. 뒤에서 달려오지만 절대 따라잡지 못한 채 몇 번이고 격려의 말만 외치는 카우보이 같은 소리만. 앞으로. 공원을 지나 5번 대로로. 정오의 자동차, 택시, 버스 사이로 쇄도하자 차들은 끼익하는 굉음과 함께 빙그르르 돌았다. 듀크 맨션, 프릭 박물관을 지나고 피에르와 플라자 호텔을 스쳤다. 하지만 홀리는 더 가까이 붙었다. 더욱이 기마 경관도 추격전에 합류했다. 두 사람이 탄 말이, 도망가는 내 말 양쪽에 나란히 붙어 협공 작전을 펴자, 내 말은 결국 콧김을 내뿜으며 멈췄다. 마침내 그때, 나는 말 등에서 떨어지고 말았다. 떨어졌다가 다시 일어선 나는 거기 서서 여기가 어딘지 감을 잡지 못했다. 사람들이 모여들었다. 경찰관이 발끈 성을 내며 수첩에 적었다. 그러나 곧 무척 동정을 느끼고는 씩 웃더니 우리 말들을 마구간으로 돌려보낼 수 있도록 처리하겠다고 했다.

홀리가 택시를 잡아 나를 태웠다. "자기, 기분이 어때요?"

"좋아요."

"하지만 맥이 전혀 뛰지 않는데." 그녀는 내 손목을 짚으며 말했다.

"그러면 죽었나 보죠."

"아니, 바보같이. 심각한 얘기예요. 날 봐요."

문제는, 그녀를 볼 수가 없었다. 그보다는 홀리가 여러 명으로 보였다. 걱정으로 창백해지고 땀범벅이 된 얼굴 셋을 보자 감동받기도 했고 창피하기도 했다. "솔직히 아무 느낌이 없는데. 부끄러운 것 말고는."

"잘 봐요. 확실해요? 솔직히 말해요. 자칫하면 죽을 뻔했단 말이에요."

"하지만 안 죽었잖아요. 고마워요. 내 생명 구해줘서. 정말 대단해, 당신은. 특별하고. 사랑해요."

"정말 바보라니까." 홀리는 내 뺨에 입을 맞췄다. 그러자 홀리가 넷이 되었고 나는 죽은 듯 기절해버렸다.

그날 저녁, 홀리의 사진이 〈저널아메리칸〉의 석간과 〈데일리 뉴스〉와 〈데일리 미러〉의 다음 날 조간 1면에 실렸다. 폭주한 말과는 아무 상관이 없는 유명세였다. 신문 기사에 드러난 대로 아주 다른 문제와 관련이 있었다. "플레이걸 마약 추문으로 체포"(〈저널아메리칸〉), "마약 밀수 여배우를 체포하다"(〈데일리 뉴스〉), "마약 조직 적발, 미모의 여인 구속"(〈데일리 미러〉).

그 무리 중에서도 〈데일리 뉴스〉가 가장 충격적인 사진을 실었다. 홀리가 실팍한 남녀 형사 두 명 사이에 껴서 경찰 본부로 들어가는 모습이었다. 이 참담한 상황에서 홀리의 의상은(여전히 승마복, 바람막이와 청바지를 입고 있었다) 갱단의 애인 같은 분위기를 풍겼다. 검은 안경, 헝클어진 머리, 시무룩한 입술에 매달린 피카윤 담배도 그 인상을 덜지 못했다. 아래 사진 설명은 이러했다. "스무 살의 홀리 골라이틀리, 아름다운 신인 여배우이자 카페 사교계의 명사는 조직폭력배 살바토레 '샐리' 토마토와 연관된 국제 마약 밀수 조직의 핵심 인물로 기소되었다. 패트릭 코너 형사(좌)와 셰일라 페조네티 형사(우)가 골라이틀리 양을 안내하여 67번가 분서로 들어서고 있다. 자세한 기사는 3면에 계속." 올리버 '파더' 오쇼네시라고 신원이 밝혀진 남자의 사진(얼굴은 중산모로 가렸다) 아래 있는 상세 기사는 3단에 걸쳐 나와 있었다. 조금 압축하여, 여기 관련 문단 몇 개를 실어 본다. "오늘 아름다운 홀리 골라이틀리 양이 체포되었다는 소식에 카페 사교계의 일원들은 아연실색했다. 골라이틀리 양은 스무 살 된 할리우드 신인 배우이자 뉴욕 사교계의 명사로 널리 알려져 있다. 동시에 오늘 오후 2시, 경찰은 매디슨 가의 햄버그 헤븐에서 나오는 올리버 오쇼네시 씨를(52세, 웨스트 49번가의 시보드 호텔 거주) 체포했다. 지방 검사 프랭크 L. 도노번은 두 사람 모두를 악명 높은 마피아 보스 살바토레 '샐리' 토마토가 지배하는 국제 마약 조직의 중심인물로 기소했다. 샐리 토마토는 현재 경찰 뇌물공여죄로 5년 형을 받고 싱싱 교도소에서 복역 중이다……. 오쇼네시 씨는 환속한 성직자로서 범죄 조직 사이에서는 '파더'나 '파드레'라는 여러 이름으로 알려져 있다. 그는 1934년에도 거짓 업체인, 로드아일랜드 정신 요양 기관 '모나스테리'를 운영했다는 죄목으로 체포되어 2년 복역한

전과가 있다. 홀리 골라이틀리 양은 전과 기록은 없으며 부유한 지역에 위치한 이스트사이드의 호화스러운 아파트에서 체포되었다……. 지방 검사 측에서는 아직 공식 성명서를 내지 않았지만, 믿을 만한 정보원에 따르면, 얼마 전까지 백만장자 러더퍼드 트롤러와 사교 모임에 동반하곤 했던 이 미모의 금발 여배우는 감옥에 있는 토마토와 주요 보좌관 오쇼네시 사이의 '연결 고리' 역할로 활동했다고 한다……. 골라이틀리는 토마토의 친척으로 행세하며 싱싱 교도소를 매주 방문했다. 이때마다 토마토는 말로 비밀 지령을 전달했고, 골라이틀리는 다시 오쇼네시에게 전송했다. 이런 연결 고리를 이용하여 토마토는(1874년 시칠리아 세팔루 출생으로 추정) 국제적 마약 조직 연합체를 직접 운영할 수 있는 권한을 유지할 수 있었다. 조직은 멕시코, 쿠바, 시칠리아, 탕헤르, 테헤란과 다카르에 기지를 두고 활동 중이다. 지방 검사 측에서는 혐의에 대해 더 이상의 자세한 설명은 제공하지 않았고, 확인해주지도 않았다……. 두 용의자가 심문을 받기 위해 출석했을 때 제보를 받은 여러 기자들이 이스트 67번가 분서에서 이미 대기 중이었다. 건장한 체격에 붉은 머리의 오쇼네시 씨는 논평을 거절했으며 카메라맨 한 명의 사타구니를 발로 가격하기까지 했다. 하지만 연약한 체격에 눈이 커다란 골라이틀리 양은 바지와 가죽 재킷이라는 말괄량이 같은 의상을 입고 있기는 했으나 상대적으로 태연해 보였다. '대체 뭐 때문에 이 난리인지 저한테 묻지 마세요.' 골라이틀리 양은 기자들에게 말했다. '파스크 주 느 세 파, 메 셰르(왜냐하면 저도 모르니까요, 친애하는 여러분). 그래요, 전 샐리 토마토에게 면회를 갔었죠. 매주 보러 갔었답니다. 그게 뭐 잘못되었나요? 그분은 하느님을 믿고 저도 그런 걸요……'" 곧이어, "마약 중독 인정"이라는 표제하에는 이런 기사가 있었다. "골라이틀리 양은 한 기자가 마약 사용자인지 아닌지 묻자 미소를 띠었다. '마리화나를 약간 해보긴 했었죠. 그건 브랜디의 반만큼도 해롭지 않잖아요. 더 싸기도 하고. 불행하게도 전 브랜디를 더 좋아하네요. 아뇨, 토마토 씨는 약 이야기는 한 번도 꺼낸 적이 없어요. 정말 화가 나네요. 이 치사한 사람들이 계속 아저씨를 괴롭히는 꼴을 보세요. 그분은 아주 섬세하고 신앙이 깊은 분이랍니다. 좋은 아저씨죠.'"

이 기사에는 유난히 중대한 오류가 있었다. 홀리는 자기 "호화스러운 아파트"에서 체포된 것이 아니었다. 체포는 내 집 욕실에서 일어났다. 나는 욕조에 펄펄 끓는 물을 받아 엡솜 소금을 타 넣고 승마로 얻은 부상을 씻어내는 중이었다. 상냥한 간호사 역할을 떠맡은 홀리는 욕조 가장자리에 슬로언 도제를 발라주고 나를 침대에 넣어주려고 기다리는 중이었다. 그때 문을 두드리는 소리가 났다. 문은 열려 있었고, 홀리는 들어오라고 외쳤다. 들어온 사람은 마담 사피아 스파넬라였고, 그 뒤를 사복 경찰 두 명이 따랐다. 그중 한 명은 노란 머리를 굵게 땋아서 머리에 두른 여자 경찰이었다.

"여기 있어요! 경찰들이 쫓는 여자!" 마담 스파넬라가 소리치며 욕실로 쳐들어오더니 손가락질을 했다. 처음엔 홀리에게, 다음엔 벌거벗은 나를 향해. "봐요, 얼마나 헤픈 계집인지." 남자 형사는 당혹해하는 듯했다. 마담 스파넬라 때문에, 그 상황 때문에. 하지만 그 동료의 얼굴에는 비정하게도 이 상황이 재미있다는 표정이 역력히 떠올랐다. 여자는 한 손을 홀리의 어깨에 척 올려놓으며 놀랍게도 아기 같은 목소리로 말했다. "갑시다, 언니. 여기저기 가봐야 해서." 이 말에 홀리는 차갑게 대답했다. "목화솜이나 따던 손을 어디 올려. 따분하고 시시한 소리나 지껄이는 호모 주제에." 이 말은 여형사의 성미를 건드렸다. 형사는 홀리의 뺨을 철썩 때렸다. 어찌나 세게 쳤는지 홀리의 고개가 휙 돌아가고 약이 든 병이 손에서 떨어져 산산조각 났다. 나는 이 말다툼에 끼려고 욕조에서 나오다 유리 조각을 밟아 양 엄지발가락을 베이고 말았다. 벌거벗은 채 피 발자국으로 길을 만들며 나는 복도까지 이들을 따라갔다. "잊지 마요!" 형사들에 끌려 계단을 내려가면서 홀리는 간신히 내게 지시 사항을 전했다. "고양이 먹이 꼭 줘야 해요!"

물론 나는 마담 스파넬라 짓이라고 생각했다. 이전에도 몇 번이나 경찰에 전화해서 홀리에 대한 불평을 늘어놓은 적이 있었으니까. 이 사건이 이처럼 긴급한 차원의 일인 줄은 그날 저녁 조 벨이 신문을 휘두르며 나타난 후에야 깨달았다. 조는 너무 동요해서 똑바로 말을 할 수 없을 정도였다. 내가 신문 기사를 읽는 동안 그는 주먹을 맞부딪치며 방 안에서 정신없이 오락가락했다.

잠시 후 조가 말했다. "정말 그런 것 같아? 홀리가 정말 이 저분한 사업에 관련이 되어 있단 말이야?"

"네, 그래요."

조는 입에 툼스를 한 알 집어넣고 나를 쏘아보더니 마치 내 뼈를 으스러뜨리기라도 하려는 양 와작와작 씹었다. "나 원 참, 썩었군. 그런데도 자네가 그 애 친구라고. 망할 자식!"

"잠깐만요. 나는 홀리가 알고 연루되었다고 말하진 않았어요. 그런 건 아니었으니까. 하지만 하긴 했어요. 지령 같은 걸 전달한다든가……."

조가 말했다. "아주 침착하게 받아들이네? 세상에, 이건 10년 형은 받을 건이라고. 더 받을 수도 있어." 조는 신문을 빼앗았다. "자네, 그 애 친구들을 알지. 그 부자 나리들 말이야. 바로 내려가자고, 전화를 해야 해. 우리 아가씨는 내가 돈을 낼 수 있는 수준 이상으로 잘나가는 악덕 변호사가 필요하겠어."

나는 온몸이 너무 쓰리고 흔들려서 혼자 옷을 입을 수가 없었다. 조 벨의 도움을 받아야만 했다. 술집에 돌아가자, 조는 트리플 마티니 한 잔과 동전이 가득 든 브랜디 텀블러 한 통과 함께 나를 전화 부스로 밀어 넣었다. 하지만 누구에게 연락을 해야 할지 생각이 나지 않았다. 호세는 워싱턴에 있었고 어디에 연락해야 닿을지 깜깜했다. 러스티 트롤러? 그 개자식은 안 되지! 하지만, 그 외 다른 친구 아는 사람이 없는데? 어쩌면 정말로는 한 명도 친구가 없다는 말이 맞을지도 몰랐다.

나는 베벌리힐스 크레스트뷰 5-6958번으로 전화를 걸었다. 장거리 전화 안내원이 알려준 오제이 버먼의 번호였다. 전화를 받은 사람은 버먼 씨가 마사지를 받고 있어서 방해할 수 없다고 말했다. 미안해요, 나중에 연락해보세요. 조 벨은 불같이 화를 내더니 사느냐 죽느냐 하는 문제라고 말하지 그랬느냐며 구박했다. 그러면서 러스티에게 연락해보라고 닦달했다. 먼저, 나는 트롤러 씨의 집사와 이야기를 나누었다. 집사는 엄숙히 대답했다. 트롤러 부처는 지금 저녁 만찬 중이십니다, 전갈을 전해 드릴까요? 조 벨이 수화기에 대고 고함을 질렀다. "긴급 사태요. 사느냐 죽느냐 하는 문제라고." 그 결과, 나는 처녀 적 이름이 매그 와일드우드인 여자와 직접 말할 수 있게 되었다. 사실 그 여자가 하는 말을 들었다고 하는 편이 옳겠지만. "당신 정신이 완전히 나갔어요?" 매그가 따졌다. "남편과 나는 우리 이름을 그 여, 역겹고 처, 천박한 여자와 연결하려는 사람은 누구든 고소할 거예요. 개가 찌는 날 암캐보다도 부도덕한 마, 마약 중독자일 줄 항상 알고 있었죠. 걔는 감옥에 가야 마땅해요. 내 남편도 천 퍼센트 동의할 거고요. 우린 정말 누구든 고소해……." 전화를 끊으면서 나는 텍사스 주 튤립에 있는 닥을 떠올리긴 했다. 하지만 안 돼, 홀리가 좋아하지 않을 게 뻔했다. 그에게 전화하면 내가 홀리한테 죽을 게 뻔했다.

다시 캘리포니아로 전화를 걸었다. 회선은 통화 중이었고, 계속 통화 중이었다. 드디어 오제이 버먼이 연결되었을 때는 나는 마티니를 너무 많이 마셔서 내가 전화한 용건을 버먼이 되려 말해줘야 할 지경이었다. "꼬마 때문에 한 거지? 벌써 알고 있어. 벌써 이기 피텔스타인에게 말해뒀지. 이기는 뉴욕에서 제일가는 변호사요. 내가 이랬지. 이기, 당신이 좀 보살펴주고 청구서는 내게로 보내. 다만 내 이름은 익명으로 해주게, 알겠지. 뭐, 내가 꼬마에게 신세 진 것도 있으니까. 그걸 파헤치고 싶다면 말이지만, 정말로 뭔가 빚을 졌다는 건 아냐. 걔는 미쳤으니까. 거짓말쟁이. 하지만 진짜 거짓말쟁이지, 알아? 어쨌든 보석금으로 1만 달러를 걸었다더군. 걱정 말게. 이기가 오늘 밤 꼬마를 꺼내줄 테니. 걔가 벌써 집에 와 있다고 해도 놀랄 일은 아니고."

하지만 홀리는 집에 와 있지 않았다. 다음 날 아침, 고양이 먹이 주러 내려가 보았지만 그때도 돌아오지 않았다. 아파트 열쇠가 없었기 때문에, 나는 화재 비상구를 사용해서 창문으로 들어갔다. 고양이는 침실에 있었지만 혼자가 아니었다. 한 남자가 거기서 여행 가방 위에 엉거주춤 수그리고 있었다. 내가 창문으로 들어서자 우리 둘은 서로가 강도라고 착각하고 불편한 시선을 교환했다. 얼굴이 잘생기고 머리카락이 반지르르한 남자는 호세를 닮았다. 더욱이 그가 싼 가방에는 호세가 홀리의 집에 두었던 옷가지가 들어 있었다. 홀리가 항상 수선을 떨며 수선집이다 세탁소다 맡기고 찾아왔던 신발과 양복. 그래서 나는 말했다. 사정이 너무 뻔했기 때문에. "이바라예거 씨가 보냈습니까?"

"난 사촌입니다." 남자는 경계심을 풀지 않고 싱긋 웃었다.

말투에서는 외국어 억양이 짙게 엿보였다.

"호세는 어디 있죠?"

남자는 다른 언어로 번역하듯이 질문을 반복했다. "아, 그 사람 '어디' 있어요! 기다리고 있어요." 그는 나를 무시하는 척하고 심부름을 계속했다.

그래. 이 외교관은 혼자 튈 속셈이다 이거군. 뭐, 놀랍지도 않았다. 아니, 일말의 안타까움도 느끼지 않았다. 그래도 이게 무슨 사람 마음 아프게 하는 수작인지. "그 자식 채찍으로 한번 호되게 맞아봐야."

사촌은 킬킬 웃었다. 그도 내 심정을 이해한 게 분명하다. 그는 여행 가방을 닫더니 편지 하나를 꺼냈다. "내 사촌, 애인한테 이거 주라고 해요. 부탁 받아줄 수 있어요?"

봉투에는 흘림 글씨로 이렇게 써 있었다. "H. 골라이틀리 양에게. 대리인 위임."

나는 홀리의 침대에 앉아 홀리의 고양이를 껴안았다. 홀리 때문에 무척 서글펐다. 마음 구석구석까지. 그녀가 자기 자신을 위해 서글프게 느꼈을 정도만큼이나.

"그래요, 부탁 받아주죠."

그래서 부탁대로 전해주었다. 전혀 그럴 마음은 없었지만. 하지만 편지를 없애버릴 용기는 없었다. 아니, 홀리가 아주 조심스럽게 혹여나 호세에게 연락 온 것 없느냐고 물어보기라도 한다면 그걸 가만히 주머니에 넣고 입 싹 닦을 만한 의지력이 없었다. 이틀 후 아침이었다. 나는 요오드와 변기 악취가 풍기는 방 안 홀리의 침대 옆에 앉아 있었다. 병실이었다. 홀리는 체포된 날 밤부터 병원에 있었다고 했다. "어머, 자기." 내가 피카윤 담배 한 보루와 새로 나온 가을 제비꽃 다발을 들고 살금살금 다가가자, 홀리가 인사했다. "후계자는 잃었어요." 홀리는 열두 살도 안 되어 보였다. 옅은 바닐라색 머리카락을 뒤로 빗어 넘겼고 검은 안경이 빠진 눈은 빗물처럼 맑았다. 그녀가 심하게 아팠다는 것을 믿을 수가 없을 정도였다.

하지만 사실이었다. "세상에, 정말 죽는 줄 알았어요. 농담 아닌데. 그 뚱뚱한 여자에게 당할 뻔했다니까요. 그 여자가 얼마나 시끄럽게 웃어대던지. 이전에는 이 뚱뚱한 여자 얘기를 할 수는 없었어요. 오빠가 죽기 전까지는 그 여자의 존재를 나도 몰랐으니까. 오빠가 죽자 그 즉시 나는 오빠가 어디로 가버렸는지, 프레드가 죽었다는 게 무슨 의미였는지가 궁금해졌어요. 그때 그 여자를 본 거야. 나와 같이 방 안에 있었죠. 여자는 프레드를 품 안에 안고 있더라고요. 뚱뚱하고 심술궂은 빨강 계집은 흔들의자에서 프레드를 무릎에 앉혀놓고 어르면서 관악대처럼 요란하게 웃어댔어. 그 비웃는 소리란! 하지만 우리 모두 앞으로 이런 일을 겪게 된답니다, 친구. 이 코미디언 여자는 당신을 기다리며 조롱할 거예요. 자, 그럼 내가 왜 정신이 나가서 다 깨부쉈는지 알겠죠?"

오제이 버먼이 고용한 변호사를 제외하고 홀리를 면회할 수 있도록 허가를 받은 사람은 나뿐이었다. 병실을 같이 쓰는 환자들은 세쌍둥이 같은 노부인 3인조였다. 부인들은 매정하지는 않지만 첨예한 관심으로 나를 살피면서 이탈리아어로 속닥거리며 이런저런 짐작을 하는 듯했다. 홀리가 연유를 설명했다. "저분들은 자기가 나를 망가뜨린 남자라고 생각해요. 나를 이 꼴로 만들었다고." 그러면 바로잡아주면 되지 않겠느냐고 했더니, 홀리는 대답했다. "못해요. 저분들 영어를 못하니까. 어쨌든 할머니들 재미를 망치고 싶지도 않고." 그녀가 호세 소식을 물은 것은 바로 그때였다.

홀리는 편지를 보자마자 눈을 가늘게 뜨고 입술을 일그러뜨리며 옅은 미소를 딱딱하게 띠었다. 그 순간 그녀는 헤아릴 수 없을 정도로 나이가 훌쩍 들어 보였다. "자기." 홀리는 내게 지시를 내렸다. "서랍 속에서 내 가방 좀 꺼내주겠어요? 여자라면 립스틱을 바르지 않고 이런 걸 읽을 순 없는 법이죠."

홀리는 콤팩트 거울에 의존해서 분을 바르고 화장을 해서 열두 살짜리의 흔적을 얼굴에서 몰아냈다. 립스틱 하나로는 입술을 그리고 다른 하나로는 볼에 발랐다. 연필로는 눈 주위를 그리고 눈두덩을 파랗게 칠한 다음 목에는 4711 향수를 뿌렸다. 귀에는 진주 귀걸이를 걸고 검은 안경을 썼다. 그렇게 무장을 하고, 초라한 손톱 상태를 못마땅하게 뜯어본 후에야 홀리는 편지를 뜯어 쭉 훑었다. 그동안 돌처럼 굳었던 옅은 미소는 더 옅어지고 더 딱딱해졌다. 마침내 그녀는 피카윤 담배 한 개비를 청해 한 모금 빨았다. "맛은 싸구려야. 하지만 기분은 정말 멋지다." 그녀는 이렇게 말하면서 편지를 건넸다. "이거 갖고 있으면 도움 될지도 모르겠네. 거지 같은 로맨스 소설을 쓰려고 한다면. 독차지할 생각은 마요. 큰 소리로 읽어. 나도 내 귀로 듣고 싶으니까."

첫머리는 이렇게 시작했다. "나의 사랑하는 아가씨……."

홀리는 서슴없이 말을 끊었다. 글씨체가 어떤 것 같으냐며 궁금해했다. 나는 아무 생각도 없었다. 깔끔하고 쉽게 알아볼 수 있으며 별나지 않은 필체였다. "그게 바로 꼭 그 사람이야. 보수적이고 꽉 막혔고." 홀리는 잘라 말했다. "계속 읽어요."

"나의 사랑하는 아가씨, 나도 당신이 다른 사람들과 같지 않았다는 것을 알 만큼은 당신을 사랑했어. 하지만 당신이 나 같은 신앙과 직업을 가진 남자가 아내로 삼길 바라는 여자의 태도와는 너무나도 다르다는 것을 그렇게도 야만적이고 공적인 방식으로 깨닫게 되었을 때 내 절망감이 어땠을지 상상해봐. 당신이 현재 불명예스러운 상황에 처해서 나 또한 무척 슬퍼. 당신을 둘러싼 비난에 내 비난까지 더할 마음은 없어. 그러니 당신도 마음속에서 나를 비난하지는 말기를 바라. 나는 보호해야 할 가족이 있고 이름이 있는 사람이지. 그런 기관이 관련된 면에서는 겁쟁이야. 날 잊어, 아름다운 사람. 나는 더 이상 여기 없어. 집으로 떠나. 하지만 주님이 항상 당신과 당신의 아이와 함께하길. 주님이…… 나와 같진 않기를 바라. 호세."

"응?"

"나름대로는 무척 정직한데. 감동적이기까지 하고."

"감동적? 죄다 거짓부렁인데!"

"하지만 결국, 자기 입으로 겁쟁이라고 말하잖아요. 그의 관점에서 보면 말이지……."

하지만 홀리는 자기도 아는 것을 인정하지 않으려 했다. 얼굴은 아무리 화장을 했어도 속마음은 고백하듯 드러났다. "좋아, 그 사람이 이유 없는 쥐새끼인 건 아니죠. 러스티처럼 초대형, 킹콩 같은 쥐도 있고. 배니 새클릿. 하지만, 오, 맙소사, 망할." 그녀는 마치 엉엉 우는 아이처럼 한 주먹을 입안에 넣었다. "나 그 사람 사랑했어요. 그 쥐새끼를."

이탈리아 할머니 3인조는 사랑싸움이라고 생각했는지 홀리가 괴로워하는 이유를 응당 욕을 들어야 할 사람의 탓으로 돌렸다. 즉 할머니들은 나를 보고 쯧쯧 혀를 찼다. 솔직히 우쭐했다. 홀리가 나를 그렇게 사랑한다고 생각하는 사람이 있다니 자랑스러웠다. 담배 한 대를 더 건네자 홀리는 잠잠해졌다. 그녀는 침을 꿀꺽 삼켰다. "당신은 복 받을 거예요, 친구. 게다가 그렇게 말 하나 제대로 못 다룬 것도 복 받을 일이야. 내가 캘러미티 제인* 역을 맡지 않았다면, 미혼모 보호소에서 애새끼나 기다리는 신세가 되었을 거예요. 힘든 운동이 그런 장난을 친 거죠. 하지만 경찰에서는 그 레즈 언니가 내 따귀를 날려서 그렇게 됐다고 말해서 그 사람들 혼 빠지게 겁을 주었죠. 네, 그래요, 선생님들. 난 경찰을 여러 건으로 고소할 수 있지요. 가짜 체포를 포함해서."

그때까지 우리는 더욱 불길한 시련에 대한 언급은 빙 에둘러

---

*19세기 미국의 개척자 여인으로, 말을 잘 탄 것으로 유명. 영화에도 종종 등장했다.

갔었다. 이 시점에서 홀리가 농담 섞어 말을 꺼내자 소름 끼치게 불쌍했고, 그녀가 자기 앞에 놓인 황량한 현실을 제대로 인식할 능력이 전혀 없다는 사실이 너무 확연히 드러났다. "자, 홀리." 나는 생각하면서 말했다. 강하고 성숙하게, 삼촌처럼. "자, 홀리. 이걸 농담으로 치부할 순 없어요. 계획을 세워야지."

"젊은 사람이 왜 이리 답답하게 굴어요. 쪼잔하게. 어쨌든 그게 자기랑 무슨 상관이에요?"

"아무 상관 없죠. 홀리가 내 친구라는 것만 빼면. 게다가 걱정되니까. 난 당신이 뭘 할 작정인지 알아내려는 거고."

홀리는 코를 문지르더니 천장에만 집중했다. "오늘이 수요일이죠? 그러면 나는 토요일까지 잘 거예요. 정말로 좋은 슐루펜*. 토요일 아침엔 은행으로 뛰어가야지. 그때 아파트에 들러서 잠옷이랑 내 마인보커** 좀 챙기고. 그다음에는 아이들와일드 공항에서 수속을 해야죠. 뭐, 자기도 잘 알겠지만 나 완벽하게 멋진 비행기에 완벽하게 멋진 예약을 해놓았잖아요. 자기는 이렇게 다정한 친구니까 배웅할 수 있도록 해줄게요. 제발 고개 좀 그만 흔들어요."

"홀리, 홀리. 그럴 순 없어요."

---

*이디시어로 '잠'이라는 뜻.
**당시 유행하던 고급 패션 브랜드.

"에 푸르쿠아 파?* 나 부리나케 호세를 따라가는 거 아닌데. 자기 생각이 그거라면. 내가 조사한 바에 따르면 그 사람은 여기도 저기도 아닌 완전히 림보 마을 주민이에요. 그저 이뿐이야. 어째서 내가 완벽하게 멋진 비행기 표를 버려야 하죠? 벌써 돈도 냈는데? 게다가 난 브라질에 가본 적 없으니까."

"대체 여기서 무슨 약을 준 거죠? 모르겠어요? 당신 지금 형사고발 당했어요. 보석 상태에서 도망가다가 잡히면, 영영 못 나와요. 어쩌다 도망간다고 쳐도, 다시 집에는 못 올걸요."

"뭐, 그래요, 그것 참 안됐네. 어쨌든 집이란 자기가 편안하게 있을 수 있으면 집인 거죠. 난 아직도 찾고 있어요."

"아니, 홀리, 그건 어리석은 말이에요. 당신은 세상물정을 너무 몰라. 참아봐야죠."

홀리는 말했다. "이겨라, 우리 팀, 이겨라." 그러면서 담배 연기를 내 얼굴로 훅 불어 보냈다. 하지만 깊은 인상을 받기는 했다. 홀리의 눈은 불행한 상상으로 흐려졌다. 내 눈처럼. 철창 뒤의 방, 강철 같은 복도를 걸어가면 하나둘 닫히는 문. "아, 집어치워요." 홀리는 담배를 눌러 껐다. "잡히지 않을 가능성도 상당히 있다고요. 당신이 부슈 페르메**해주면. 봐요. 날 멸시하지

---

*'왜 안 돼요?'라는 의미의 프랑스어.
**'입 다물다'라는 의미의 프랑스어.

마요, 자기." 그녀는 한 손을 내 손 위에 얹으며 갑자기 무척 진지하게 꽉 잡았다. "난 별로 선택의 여지가 없어요. 변호사와 이야기를 했죠. 아, 그 사람에게 리우에 간단 말은 안 했고. 그 사람이 직접 경찰에 찌를 수도 있으니까. 자기 수수료를 잃어버리느니 그렇게 하겠죠. 오제이가 보석금으로 찔러준 푼돈은 말할 것도 없고. 다정한 오제이, 복 받을 거야. 하지만 서부에 있을 때, 그 사람이 포커 한 판에 1만 달러 넘게 따도록 도와준 적 있거든요. 이제 빚 갚았네요. 아니, 그 사람들 진짜 속셈이 뭔지 알아요. 경찰들이 나한테 원하는 건 공짜로 몇 번 더듬다가 샐리에게 불리한 증언을 하도록 주의 증인으로 서달라는 거예요. 누구도 나를 기소할 생각은 없어요. 아직 사건이라고 할 만한 핑계도 없으니까. 뭐, 내가 속속들이 썩은 여자인지도 모르지. 걸레라고 해도 그래. 그래도 친구에게 불리한 증언은 안 해요. 샐리가 케니 수녀*에게 약을 먹였다는 걸 증명해도 안 할걸. 내 잣대는 누가 나를 어떻게 대하는가예요. 샐리 아저씬, 내게 전적으로 솔직하게 대하지 않았다는 건 맞죠. 나를 조금 이용했다고 쳐요. 하지만 그래도 샐리가 여전히 괜찮은 총잡이라는 건 달라지지 않아요. 경찰들이 아저씨를 잡도록 도와주었다간 금방 뚱뚱한 여자가 나를 잡아채 갈걸요." 홀리는 콤팩트 거울을

---

*1차 세계대전 당시 간호사로 활동하며 구호 활동을 편 인물.

얼굴 위로 기울이면서 새끼손가락을 구부려 립스틱을 문질렀다. "게다가 솔직히 말해서, 그게 다가 아니에요. 어떤 색깔 조명을 받으면, 여자의 얼굴이 망가지죠. 배심원단이 내게 상이용사 훈장을 준다고 해도, 이 동네에서는 더 이상 미래가 없어요. '라 루'부터 '페로나 바', '그릴'까지 모두 줄을 치고 날 출입 금지시킬 거예요. 농담 아니에요. 난 이제 프랭크 E. 캠벨* 씨만큼이나 이 동네에서는 환영받지 못하는 인물이 되었어요. 자기가 나 같은 특별한 재능으로 먹고살았다면, 지금 내가 말한 파산이 어떤 형태인지 이해할걸요. 아, 아, 난 로즈랜드를 빙빙 돌다가 웨스트사이드의 촌뜨기 무리에게 몸을 팔면서 이렇게 스러져갈 수는 없어요. 그 대단한 트롤러 부인이 살랑살랑 엉덩이를 흔들면서 티파니를 드나드는데. 그런 건 참을 수 없어. 언제라도 뚱뚱한 여자가 날 먹어버릴 거야."

밑창이 부드러운 신발을 신은 간호사가 방 안으로 들어와서 면회 시간이 끝났다고 알렸다. 홀리는 불평하기 시작했지만, 입에 체온계가 꽂히자 말이 막혔다. 하지만 내가 떠나려 할 때, 홀리는 체온계를 빼고 말했다. "내 부탁 하나만 들어줘요, 자기. 〈타임스〉에 전화해요. 아무 데나. 그래서 브라질 갑부 남자 50명의 명단을 받아줘요. 농담 아니에요. 50대 재산가 목록. 인

---

*당시 뉴욕 주에 있던 유명한 장의사.

종도 피부색도 상관없어요. 부탁 하나 더. 내 아파트를 뒤져서 자기가 줬던 메달 찾아줘요. 그 성 크리스토퍼 메달. 여행을 위해선 그게 필요하니까."

금요일 밤, 하늘은 붉었고 천둥이 쳤다. 토요일, 출발 당일에는 도시가 폭우 같은 소나기 속에서 흔들렸다. 상어라면 하늘에서 헤엄칠 수도 있겠지만, 비행기가 그 비를 뚫고 뜨기란 불가능해 보였다.

하지만 내가 신 나서 비행기가 뜨지 않을 거라고 일깨워주었는데도 홀리는 무시하고 준비를 계속했다. 굳이 말하자면 준비의 부담은 주로 다 내게 떠넘기면서. 사암 건물 근처에 접근하는 것은 현명한 짓이 아니라는 결론을 내렸기 때문이었다. 맞는 말이기도 했다. 경찰인지 기자인지 누군지 알 수 없는 다른 관련자인지 모르지만 건물은 감시당하고 있었다. 어떨 때는 한 사람이, 가끔은 여러 명이 현관 주위를 맴돌았다. 그래서 홀리는 퇴원 후 은행에 들러서 곧장 조 벨 술집으로 갔다. "얘는 미행당

했다는 것을 모르는 모양이야." 조 벨은 가능한 한 빨리 자기를 만나러 오라는 홀리의 전갈을 가지고 왔다. 최대 30분 이내에 다음 물건들을 가지고 오라는 명령이었다. "그 애 보석, 기타. 칫솔 같은 세면도구. 백년 묵은 브랜디 병. 빨랫감 담는 바구니 바닥에 숨겨놓았다고 찾아오라는군. 아, 그래. 고양이도. 고양이도 데려오래. 하지만 젠장." 조 벨은 말했다. "우리가 그 애를 도와줘야 하는 건지 모르겠어. 차라리 그 애가 허튼짓 못하게 지켜줘야 하지 않겠나. 난 말이지, 경찰에 말하고 싶은 기분이야. 어쩌면 돌아가서 그 애한테 술을 몇 잔 만들어주면, 이런 계획 취소할 만큼 취하게 할 수 있지 않을까."

홀리의 아파트와 내 집을 잇는 화재 비상구를 비틀비틀 오르락내리락하면서, 바람 맞고 숨이 차고 뼛속까지 젖으면서(게다가 뼛속까지 할퀴어지기도 했는데, 고양이는 집에서 쫓겨나는 게 딱히 탐탁지 않았던 모양, 게다가 이런 험한 날씨라면), 홀리의 여행 소지품을 챙기는 임무를 빠르게 일곱으로 완수했다. 심지어 성 크리스토퍼 메달까지 찾아냈다. 모든 물건은 내 방 바닥 위에 무더기로 쌓였다. 브래지어와 무도화, 예쁜 물건들이 흥하게 쌓인 피라미드를, 나는 홀리가 유일하게 가진 여행 가방 속에 쌌다. 그래도 남은 물건 더미는 종이봉투 속에 넣어야 했다. 고양이를 어떻게 날라야 할지는 당최 알 수가 없었다. 베갯잇 속에 싸서 들어야겠다는 생각을 해낼 때까지는.

이유는 알 수 없지만, 언젠가 나는 뉴올리언스에서 미시시피에 있는 낸시스랜딩까지 걸어간 적이 있었다. 800킬로미터나 되는 거리를. 그래도 조 벨 술집까지 걸어가는 길에 비하면 그 여정은 마음 가벼운 놀이에 지나지 않았다. 기타는 빗물로 가득 차고, 종이봉투는 빗물로 흐물흐물해져 찢어지는 바람에 향수가 보도 위에 엎질러지고 진주알이 도랑 속으로 굴렀다. 바람이 뒤에서 밀고, 고양이가 긁으면서 울어대는 소리까지 들렸다. 하지만 더 나빴던 것은 내가 겁을 먹었다는 사실이었다. 호세에 맞먹는 겁쟁이였다. 폭풍우 치는 거리는 범법자를 도왔다는 이유로 나를 잡아 가두려고 기다리는 보이지 않는 존재들로 들끓는 듯했다.

그 범법자가 말했다. "친구, 좀 늦었잖아. 브랜디도 가져왔어요?"

풀려난 고양이가 펄쩍 뛰어 그녀의 어깨 위에 올라앉았다. 꼬리가 광시곡을 지휘하는 지휘봉처럼 흔들렸다. 홀리 또한 그 가락에 사로잡혔는지 몸을 살짝 흔들며 '봉 부아야주'* 움파파라고 흥얼거렸다. 홀리는 브랜디 병의 코르크를 빼며 말했다. "이거 내 혼수함에 넣어둘 물건이었는데. 원래 생각은 매년 기념일마다 한 잔씩 마시는 거였죠. 혼수함을 안 산 게 천만다행이지.

---

*'좋은 여행 되세요'라는 의미의 프랑스어.

벨 아저씨, 잔 세 개 부탁해요."

"두 개면 충분할 거야." 벨이 말했다. "난 너의 어리석은 짓을 위해 건배하지 않을 테니까."

홀리가 살살 꾈수록("어머, 벨 아저씨, 숙녀가 사라지는 사건이 매일같이 일어나는 줄 아나요. 그렇다면 그녀를 위해 축배를 들어야 하지 않겠어요?") 조는 더욱 부루퉁해졌다. "난 이 일에 끼지 않을 거야. 지옥에 가고 싶다면 혼자 가라고. 더 이상 내게 도움 받지 말고." 정확하지 않은 진술이었다. 말이 떨어지자마자 기사 딸린 리무진이 술집 밖에 떡하니 와서 섰으니까. 홀리는 그 사실을 처음으로 눈치채고 브랜디를 놓더니 눈썹을 치켜떴다. 지방 검사가 내리는 모습을 볼 줄 알았던 모양이었다. 나도 그랬다. 그래서 조 벨이 얼굴을 붉히는 모습을 보았을 때 이렇게 생각할 수밖에 없었다. 맙소사, 경찰에 신고했구나. 하지만 그때 귀가 타오르듯 붉어진 조가 알렸다. "아무것도 아니야. 캐리 캐딜락 서비스에 신청했지. 공항까지 데려다주라고."

그는 짐짓 꽃꽂이를 매만지는 척 우리에게서 등을 돌렸다. 홀리가 말했다. "친절하세요, 벨 아저씬. 날 좀 보세요."

그는 돌아보지 않았다. 그는 꽃병에서 꽃을 몇 송이 쑥 빼더니 홀리에게 내밀었다. 하지만 꽃들은 목표에서 빗나가 바닥에 흩어졌다. "잘 가." 조 벨은 마치 토하듯 그 말을 뱉고 허둥지둥 화장실로 들어가버렸다. 문이 잠기는 소리가 들렸다.

캐리 운전기사는 우리가 무턱대고 챙긴 짐을 무척이나 교양 있게 받아줄 정도로 세련된 인간이었다. 그는 리무진이 이제 가늘어진 빗속을 지나 업타운을 휙 지나는 동안에도 바위처럼 딱딱한 표정을 유지했다. 홀리는 이제껏 갈아입을 기회가 없었던 승마복을 벗고 날씬한 검은 드레스를 낑낑 몸에 끼웠다. 우리는 말하지 않았다. 말해봤자 다툼으로 번지기 십상이었다. 또, 홀리는 다른 데 정신이 팔려 있어서 대화를 할 수도 없었다. 그녀는 혼자 콧노래를 부르고 브랜디를 마시면서, 어떤 주소라도 찾는 양 연신 창밖으로 몸을 내밀어 바라보았다. 아니, 나는 그녀가 기억하고 싶은 마지막 광경들을 마음에 새기는 것이라 짐작했다. 하지만 둘 다 아니었다. 바로 이럴 목적이었다. "여기서 세워주세요." 홀리는 기사에게 명령했고 우리는 스페인 할렘 거리의 어느 보도 옆에 멈췄다. 거칠고 야하게 번쩍거리며 음울한 동네에는 영화 스타의 포스터와 성모자상 그림만이 군데군데 화관처럼 붙어 있었다. 보도에 널린 과일 껍질과 썩은 신문지가 바람에 날려 굴러다녔다. 바람은 아직도 윙윙 불었지만, 비는 이제 잦아들었고 하늘에는 푸른빛이 반짝였다.

홀리는 차에서 내렸다. 고양이도 데리고. 그녀는 고양이를 안고 머리를 쓰다듬으며 물었다. "어떤 것 같아? 여긴 너처럼 거친 사나이에게는 딱 어울리는 곳일 것 같아. 쓰레기통. 쥐가 득시글대는 골목. 같이 어울릴 고양이 무리도 많을 거야. 그러니까 가." 그러면서 고양이를 내려놓았다. 고양이가 움직이려 하는 대신 우락부락한 얼굴을 들어 노란 해적 눈으로 질문을 던지자, 홀리는 한 발을 굴렀다. "가버리라고 했잖아!" 고양이는 홀리의 발에 몸을 비볐다. "꺼져버리라고!" 홀리는 고함을 지르며 차에 도로 올라타더니 문을 쾅 닫았다. "가요." 그녀는 기사에게 말했다. "가요, 가요."

나는 얼이 나갔다. "참, 당신 정말이었어. 정말 나쁜 년이었어."

한 블록 정도 갔을 때 그녀가 대답했다. "말했잖아요. 우리는 어느 날 강가에서 만난 것뿐이라고. 그게 다야. 독립적으로 사는 존재. 우리 둘 다 그래요. 우리는 절대로 서로에게 어떤 약속도 한 적 없어. 절대로……." 그녀의 목소리가 잦아들었다. 경련, 병자 같은 창백한 기운이 얼굴을 덮쳤다. 차는 신호등 앞에 서 있었다. 그때 홀리는 문을 열더니 거리를 뛰어 내려갔다. 나도 그 뒤를 따랐다.

하지만 고양이는 아까 놔두었던 모퉁이에 없었다. 아무것도 없었다. 소변을 보는 주정뱅이 한 명과 귀여운 노래를 부르는 어린이 합창단을 인솔하는 흑인 수녀 두 명 말고는. 홀리가 동네를 오르락내리락, 앞뒤로 뛰어다니며 고함을 치자 다른 아이들이 문간으로 나오고 부인들이 창틀 너머로 내다보았다. "얘, 고양이야. 어디 있니? 여기, 고양이야." 홀리가 계속 부르자 얼굴이 여드름으로 울긋불긋한 소년이 늙은 고양이 목덜미를 붙

잡아 들고 앞으로 나왔다. "아가씨, 귀여운 고양이 찾으세요? 저한테 1달러만 주세요."

리무진이 우리를 따라왔다. 홀리는 나에게 끌려 순순히 리무진으로 향했다. 문에 이르자, 그녀는 머뭇거렸다. 그녀의 눈길은 나를 지나쳐, 여전히 고양이를 내밀고 있는 소년을 지나쳤다. ("그럼 반 달러만 주세요. 25센트도 괜찮은데? 25센트면 별로 많지도 않잖아요.") 홀리는 몸을 부르르 떨었고 일어서기 위해선 내 팔을 잡아야 했다. "오, 하느님 맙소사. 우린 서로의 것이었는데. 그 애는 내 것이었는데."

그래서 나는 약속했다. 다시 돌아와서 그녀의 고양이를 찾겠다고. "내가 돌봐주기도 할게요. 약속해요."

홀리는 미소를 띠었다. 기운 없고 새로운, 한 줌의 미소. "하지만 나는요?" 그녀는 속삭이더니 다시 파르르 떨었다. "나 너무 두려워요, 친구. 그래, 드디어. 이런 식으로 영원히 계속될 수도 있으니까. 내던져버리고 나서야 비로소 그게 내 것이라는 걸 알게 되는 거야. 심술궂은 빨강, 그건 아무것도 아니었어. 뚱뚱한 여자, 아무것도 아니야. 하지만, 이건. 나 입이 너무 말랐어요. 생사가 걸렸다 해도 침을 뱉을 수도 없을 만큼." 홀리는 차에 올라타 의자에 푹 주저앉았다. "미안해요, 기사 아저씨. 가요."

"토마토의 토마토 실종." 그리고, "마약 사건에 연루된 여배우, 암흑가의 희생자인가." 하지만 얼마쯤 시간이 흐르자, 언론은 보도하기 시작했다. "도주한 플레이걸 리우행으로 밝혀져." 보아 하니 미국 경찰에서는 그녀를 송환해 오려는 것 같지는 않았다. 곧 이 사건은 이따금씩 가십에 등장하는 소재로 수그러들었다. 뉴스 기사로는 딱 한 번 다시 살아났을 뿐이었다. 크리스마스 날, 샐리 토마토가 싱싱 교도소에서 심장 발작으로 죽었을 때였다. 몇 달이 흘렀고, 그 사이에 한 겨울이 지났다. 홀리에게는 소식 한마디 없었다. 건물 주인이 홀리가 버리고 간 물건들을 팔아버렸다. 하얀 새틴 침대, 태피스트리, 귀한 고딕풍 의자. 새로운 세입자가 그 아파트를 얻었다. 이름은 퀘인턴스 스미스였다. 그는 이제까지 홀리가 불러 모았던 남자 손님들보다도 훨씬 더 시끄러운 신사분들을 끌어들여 즐겼다. 그렇지만 이번에는 마담 스파넬라도 별다른 항의를 하지 않았다. 사실 마담은 이 젊은이를 예뻐했고 그가 멍든 눈으로 나타날 때마다 필레미뇽*을 갖다주기도 했다. 하지만 봄에 엽서 한 장이 도착했다. 연필로 흘려 쓴 엽서에는 서명 대신 립스틱 키스 자국이 있었다. "브라질은 짐승같이 흉악한 곳이지만 부에노스아이레스는 정말 좋아요. 티파니 같지는 않지만 거의 비슷해. 정말 근사한 세뇨르와 가깝게 지내는 사이가 되었어요. 사랑? 그런 것 같아. 어쨌든 살 곳을 찾고 있긴 해요(이 세뇨르는 아내도 있고 애들도 일곱). 주소 보낼게요, 내가 살 곳을 알게 되면. 밀 탕드레스." 하지만 주소를 찾았을지는 모르겠으나 결코 보내지는 않았다. 무척 슬펐다. 그녀에게 편지를 쓰고 싶은 마음이 몹시도 간절했기 때문에. 소설 두 편을 팔았다는 것, 트롤러 부부가 이혼 소송 중이라는 것, 사암 건물에 유령이 나오기 때문에 이사를 나왔다는 것. 하지만 무엇보다도 그녀의 고양이 이야기를 해주고 싶었다. 나는 약속을 지켰다. 그를 찾아낸 것이다. 몇 주 동안 퇴근 후에 그 스페인 할렘 거리를 헤매고 다닌 끝에야. 그동안 또 얼마나 잘못 보고 착각하곤 했었는지. 호랑이 줄무늬의 고양이가 휙 스칠 때마다 쫓아가서 뜯어보았지만 번번이 아니

---

*안심이나 등심 등 값비싼 쇠고기 부위로 구워낸 스테이크.

었다. 하지만 어느 날, 춥지만 햇빛이 비치던 일요일 겨울 오후, 마침내 그 고양이를 찾았다. 화분 옆에 나란히, 액자 같은 깨끗한 레이스 커튼 속에, 그는 따뜻해 보이는 방 안 창문에 앉아 있었다. 나는 고양이의 이름이 무얼까 궁금했다. 이제는 분명히 이름이 생겼을 테니까. 분명히 어딘가 자기가 속할 수 있는 자리에 다다랐을 테니까. 아프리카 오두막이든 어디든, 이젠 홀리도 그런 자리를 찾았기를 바랄 뿐.

옮긴이의 말

비열한 도시의 사랑스러운 여행자, 홀리 골라이틀리

뉴욕 맨해튼, 세상에서 가장 화려한 상점들이 모여 있는 5번가의 이른 아침. 세속적인 꿈을 담은 물건들이 아직 유리장 속에 잠들어 있는 시간, 한 여자가 택시에서 내린다. 진주 목걸이에 우아한 검은 드레스를 입은 여인은 티파니의 진열장으로 다가가, 손에 든 종이봉투에서 베이글과 커피를 꺼내 먹는다. 그렇게 아침을 먹으며 유리장 너머의 물건을 바라본다. 검은 안경을 쓰고 있어서 눈이 잘 보이지는 않지만 그녀의 눈빛은 아마 선망과 무심함, 안도와 불안으로 동시에 빛났으리라. 이것이 영화가 보여주는 〈티파니에서 아침을〉. '세계가 사랑한'이라는 흔한 수식어를 붙여도 전혀 어색하지 않은 여주인공 홀리 골라이틀리의 등장으로 기억되는 장면이다.

홀리 골라이틀리는 현대 문학사에서 길이 남을 여성 캐릭

터로 꼽힌다. 지금은 없어진 잡지 《책Book》에서 2002년 발표한 '1900년 이후 최고의 소설 주인공 100인' 중 홀리 골라이틀리는 당당히 11위를 차지하고 있다. 여성 인물로는 8위에 오른 《율리시스》의 몰리 블룸 다음이지만, 아마도 지명도로는 홀리 골라이틀리가 가히 1위라고 해도 과장은 아닐 것이다. 홀리 골라이틀리의 이름을 몰라도, '티파니에서 아침을'이라는 소설이나 영화를 본 적이 없어도, 오드리 헵번으로 표상되는 귀엽고도 우아한 이 여인을 모르는 사람은 없을 테니까.

물론 소설의 홀리와 영화의 홀리는 본질적으로는 같아도 여러 차이가 있다. 소설의 홀리는 세속의 도덕과 법칙, 심지어 애정에도 구속되지 않는 자유를 상징하는 여성이다. 소설 《티파니에서 아침을》은 홀리가 뉴욕을 떠난 뒤 12년이 지난 지금 작가가 된 '나'의 회상으로 시작된다. 홀리를 아직도 사랑하고 기억하는 두 남자 조와 나는 아프리카에서 온 목각 인형을 보고 홀리를 떠올린다. 12년 전의 홀리는 겨우 열아홉 살. (오드리 헵번이 이 영화를 찍을 당시에는 서른이 넘은 나이였다.) 그 어린 나이임에도, 순진하면서도 세파에 찌든 홀리는 한곳에 머무를 수 없는 인간이다. 애초에 그녀의 이름 '골라이틀리Go-lightly'가 의미하듯, 홀리는 발걸음 가볍게 어디든 떠난다. 그녀는 세상을 떠도는 모든 여행자를 대표한다. 한곳에 마음을 두지 않으려 살림도 늘리지 않고 키우는 고양이에게 이름도 붙여주지 않으며 명함에는 "여행 중"이라고 적는다. 자신을 하늘의 새나 뉴욕 항을 떠나는 배와 동일시하는 홀리의 수호성인은 여행자들의 수호성인인 성 크리스토퍼. 그리고 끝끝내 조와 이 소설의 서술자인 나는 홀리의 행방을 알 수가 없다.

홀리의 자유분방함은 생활 태도 곳곳에서 드러난다. 소설에서 홀리가 고급 매춘부인가에 대한 논의는 언제나 뜨거웠다.* 홀리는 화장실에 가서 화장을 고치고 오는 대가로 50달러를 받거나, 러스티 트롤러라는 부자와 사귄다. 낮에 자고 밤에 나가지만 어디서 일하는지 알 수도 없다. 확실한 수입이라고는 일주일에 한 번 싱싱 교도소를 방문해서 샐리 토마토라는 마약 거래단의 거물에게 '기상 예보'를 전달받는 역할로 받는 100달러가 전부다. 그래도 뉴욕의 사교계 핵심 인물로서 화려한 나날을 보낸다. 트루먼 커포티는 1968년 에릭 스노든Eric Snoden과의 《플레이보이》지 인터뷰에서 홀리의 직업에 대해 이렇게 말했다.

> 홀리 골라이틀리는 정확히 콜걸이라고 할 수는 없어요. 직업은 없지만 돈을 내주는 남자들을 따라 최고급 식당과 나이트클럽에 다니죠. 그녀가 동행하면 소정의 선물을 줘야 한다는 것을 서로 이해하고 있습니다. 보석이나 수표나. 홀리가 내키기만 한다면 남자

---

*"Was Holly Golightly Really a Prostitute?" by Macy Halford, The New Yorker, 2009. 9.

를 집에까지 데려가서 밤을 보낼 수도 있을 겁니다. 그러니까 이런 여자들이야말로 정통 미국 게이사죠. 이런 여자들은 홀리의 시대인 1943년이나 1944년에 무척 흔했어요.

홀리는 자신의 생활방식을 두려워하지도 않고 후회하지도 않는다. 샐리 토마토와의 관계 때문에 경찰에 체포되고 문제가 생겼을 때도 그녀에게는 법과 규율을 어겼다는 의식도 희미하다. 홀리에게 중요한 건 자신에게 솔직한 내적인 윤리뿐이다. 어린 시절 좀도둑이었던 홀리는 닥 골라이틀리라는 나이 든 수의사와 결혼한 것도, 그 결혼에서 도망친 것도 부끄러워하지 않는다. 같이 자는 대가로 돈을 받을지는 모르지만 적어도 호감을 느끼지 않는 상대와는 밤을 보내지 않는다. 친구를 배반하지 않고 자기 자신의 마음을 속이지 않는다. 사소한 물건을 훔치고 친구의 애인을 빼앗지만 우정을 소중히 여긴다. 세상의 도덕에 연연하지 않는 사람은 부도덕하다는 비난을 받을지 모르나 원칙에 따라 행동하는 인간은 언제나 매력적이다. 그야말로 자기 자신이 그린 경계 외에는 아무것도 거리끼지 않는 사람이 홀리 골라이틀리다.

세상이 정해놓은 범주에 얽매이지 않는 홀리의 성격은 이 소설에 드러난 성적 지향에서도 볼 수 있다. 홀리는 공공연하게 자신이 레즈비언일 수도 있다고 말하고, 사랑한다면 그 상대가 남자든 여자든 혹은 그 무엇이든 상관없다고 대범하게 말한다. 물론 커포티 본인은 홀리가 레즈비언이냐는 질문에는 모호하게 대답을 회피하며 그 점은 그저 넘어가자고 말하면서도, 자신이 아는 수많은 레즈비언 이야기를 꺼내 홀리의 성적 지향을 암시한다.* 흥미롭게도 이 소설에 등장하는 많은 이들이 이성애든 동성애든 딱히 구분 짓지 않는 지향을 보인다. 가령 조 벨은 홀리를 사랑한다면서도 주부처럼 꼼꼼하게 꽃꽂이를 하는 깔끔한 성격을 가진 인물로 묘사되고, 러스티 트롤러처럼 여성을 인형으로 취급하면서도 계속 여성을 전전하는 인간도 있다. 커포티의 분신인 이 책의 서술자 '나' 또한 명백하게 표현이 되진 않지만 홀리와의 관계나 다양한 측면에서 볼 때 동성애자임이 암시되어 있다. 하지만 이 중에서 다양한 성적 지향을 스스럼없이 인정하는 사람은 홀리뿐이다. 그런 의미에서 홀리 골라이틀리를 20세기 소설에 등장한 현대적 여성상이라고 지칭할 만하다.

이처럼 매력적인 홀리 골라이틀리이기에, 그 모델로 여러 실존 인물들이 거론되었다. 사교계의 명사들, 당대의 유명 모델들. 미모의 작가 매브 브레넌이라는 설도 있었고 부유한 상속녀였던 글로리아 밴더빌트라는 이야기도 돌았다. 모델 도리언 리라고 하는 사람도 있었고, 유진 오닐의 딸 우나 오닐도 이 명단

---

*1968년 《플레이보이》 인터뷰.

에 이름을 올렸다. 당시 커포티가 아는 모든 여자들이 홀리의 후보로 거론되었다고 해도 과언이 아닌 상황이었다. 혹자는 홀리의 본명이 룰러매 반스고 커포티 모친인 니나 커포티의 어릴 적 이름이 릴 매 포크였기 때문에 커포티가 어머니를 모델로 했을 거라는 추측도 있다. 하지만 다양한 얼굴을 가진 홀리 안에는 작가 본인의 모습도 들어 있다. 커포티의 유작이자 미완의 작품인 《응답받은 기도》에는 유명한 편집자와 관계를 통해 성공하려고 하는 젊은 작가 지망생이 등장한다. 텍사스 출신의 홀리처럼 꿈을 찾아 뉴욕으로 온 트루먼은 재능과 인맥을 통해 성공했으면서도 항상 여기서 쫓겨날지 모른다는 불안에 시달렸던 것이 아닐까 싶다. 맨해튼에서 살아가고 싶지만 세상을 떠돌고 싶은 방랑벽과 함께.

《티파니에서 아침을》은 커포티의 작가로서의 위치를 공고히 해준 작품이다. 얼마 전인 2013년 4월에는 이 소설의 초고가 발견되어 경매에 붙여지기도 했는데, 초고에서 홀리 골라이틀리의 이름은 코니 구스타프슨Connie Gustafson이었다. 원래 이 작품은 《하퍼스 바자》에 연재될 예정이었고, 커포티는 원고료로 2천 달러를 미리 받은 상태였다. 하지만 결국 이 잡지는 성적인 내용과 욕설 때문에 작품을 게재하지 않기로 하는데, 속설에 따르면 당시 《하퍼스 바자》의 발행처였던 허스트 출판사의 간부들이 주요 광고주였던 티파니의 심기를 거스를까 두려워 거절했다고 한다. 그리하여 결국 커포티는 다시 3천 달러에 《하퍼스 바자》의 경쟁지였던 《에스콰이어》에 연재권을 팔았고, 이 소설 덕에 《에스콰이어》는 유래없는 판매고를 기록했다.

대중적 인기뿐만 아니라 소설은 비평적인 측면에서도 성과를 거두었다. 퓰리처상 수상 작가인 노먼 메일러가 이 소설을 보고 "커포티는 우리 세대 작가 중 가장 완벽한 작가다. 그는 한 단어 한 단어 엮어 리듬감 있는 가장 뛰어난 문장을 쓴다. 나는 《티파니에서 아침을》에서 단 두 단어도 바꾸지 못하겠다"라고 했다는 일화는 유명하다. 이 소설의 일본어판 번역자인 무라카미 하루키는 역자 후기에서 커포티의 문장을 극찬하며 "날카로우면서도 전혀 낭비라곤 찾아볼 수 없는 문장력에 매번 감탄하고 말았다. 몇 번을 다시 읽어봐도 질리는 법이 없었다"고 썼다. 심지어 자신이 스물아홉이 될 때까지 소설을 쓰지 못했던 이유 중 하나로, 자신은 아무리 해도 커포티처럼 쓰지 못할 것이라고 생각했기 때문이라고도 고백했다. 무라카미 하루키 정도의 스타일리스트가 극찬할 정도니, 《티파니에서 아침을》이 얼마나 세련되게 쓰였는지 새삼 실감할 수 있다. 환상적 심리를 파고들었던 첫 장편 《다른 목소리, 다른 방》과 비교해보면 이 소설의 문체는 간결하여 통제되었으면서도 유머 또한 두드러진다. 꼼꼼한 세부 묘사를 통해 인물을 구축해나가는 방식은 동일하지만 덜 자극적이고 성숙해졌다. 커포티의 이전 소설들이 자신의 어린 시절에 관한 이야기라면 《티파니에서 아침을》은 좀 더 한 단계 나아간 어른의 이야기인 것이다. 무게중심도 자기가 있을 곳을 찾지 못하는 소년에서 세계를 관찰하는 청년으로 바뀌었다. 이 어른의 문체는 계속 발전하여 《인 콜드 블러드》의 서정적이고도 사실적인 특유의 문체를 완성한다.

소설의 성공은 1961년 블레이크 에드워즈가 감독한 영화로 그대로 이어진다. 현대 도시 로맨스의 대표작처럼 꼽히는 영화는 홀리 골라이틀리와 트루먼 커포티의 이름을 널리 알리는 데 공헌했다. 홀리를 맡은 오드리 헵번은 지방시가 디자인한 드레스와 우아한 헤어 스타일로 영원한 '스타일의 아이콘'으로 남게 된다. 하지만 영화는 소설의 뾰족한 부분을 매끄럽게 문질러 버려 원래의 주제에서는 상당히 빗겨나 있기도 하다. 영화의 반 정도는 소설의 홀리를 그대로 가져왔지만, 서술자인 소설 속의 '나'는 조지 페파드가 연기한 '폴 바직'이라는 인물로 완전히 바뀌었다. 소설 속 동성애자로 암시되던 '나'는 생계를 위해 연상의 여인과 잠을 자는 이성애자로 바뀌었고 결국 홀리와 사랑에 빠지게 된다. 커포티 본인은 이런 영화의 무난한 각색이 언짢지 않았느냐는 질문에 이렇게 답한다.*

---

*1968년 《플레이보이》 인터뷰.

물론이죠. 책은 정말로 신랄한bitter 편이고 홀리 골라이틀리는 진짜였죠. 강한 캐릭터였어요. 오드리 헵번 같은 타입이 전혀 아니었습니다. 영화는 뉴욕 시와 홀리에게 밋밋하게 감상적으로 다정해졌고 결과적으로 얄팍하고 예뻐졌어요. 원래는 풍부하고 추해야 하는 것인데도. 영화와 소설이 닮은 점이라곤 로케츠 무용단이 (갈리나) 울라노바와 비슷한 정도*예요.

커포티가 홀리 골라이틀리 역에 오드리 헵번이 아닌 메릴린 먼로를 원했다는 것도 유명한 사실이다. 오드리 헵번과 홀리가 마치 동일 인물처럼 인식되는 이 시점에서는 상상도 할 수 없는 일이지만, 배우의 이력을 보면 메릴린 먼로 쪽이 홀리 골라이틀리와 공통점은 더 많았다. 헵번의 우아하고 세련된 면모를 보면 그녀가 시골 출신의 어린아이였으리라는 상상은 되지 않는다. 하지만 캘리포니아 출신의 먼로는 원래 노마 진 베이커라는 이름의 소녀였고 공황기에 어렵게 살다가 딱 골라이틀리처럼 나이 든 남자들에게 구제를 받는다. 먼로 역시 짧은 금발이었고 할리우드 에이전트에게 발탁되어 배우의 길을 걷게 된다.** 사람들

---

*로케츠 무용단은 다리를 높이 차올리는 정확한 군무로 유명하고, 갈리나 울라노바는 러시아의 발레리나다.
**"Breakfast at Tiffany's: When Audrey Hepburn won Marilyn Monroe's role" by Sarah Churchwell, The Guardian, 2009. 9. 5.

이 아는 메릴린 먼로의 들쑥날쑥한 삶이 홀리의 인생을 더 많이 반영하기도 한다. 하지만 결국 역할을 차지한 것은 오드리 헵번이었고 영화의 관점에서 보면 그 이유는 익히 짐작할 수 있다. 영화의 홀리는 소설이나 현실의 수많은 홀리들보다 더 순수하면서도 이상에 가득 찬 인물이었기 때문이다.

그러나 결국 커포티의 홀리는 그저 사랑스럽기만 한 여자는 아니었다. 트루먼처럼 어린 시절의 자기와 성인이 된 자기 모습 사이의 괴리에 가끔은 고통 받고, 가족을 사랑하지만 언제든지 버릴 수 있는 그녀는, 소위 "심술궂은 빨강"이나 "뚱뚱한 여자"가 찾아와서 불안과 우울 발작에 시달리지만 티파니의 광채 속에서 꿈을 꾸기도 한다. 한편으로는 사교계의 얄팍한 인간들과 어울리는 한없이 속물적인 모습도 있다. 애초에 '티파니에서 아침을'이라는 제목은 트루먼과 그의 친구들이 하던 농담에서 따 왔다고 한다. 다른 지역에서 온 사람이 "뉴욕에서 제일 좋은 식당이 어디냐"고 물으면 "티파니에서 아침을 먹으면 좋다"고 말하면서 놀렸다는 것이다. 하지만 한편으로 《티파니에서 아침을》은 이 넓고 거친 도시에서 꿈을 꾸는 사람들의 연약함을 상징하기도 한다. 언제나 자기가 속할 곳을 찾고 옆에 있어줄 사람을 기다리지만 한자리에 정착할 수 없는 방랑자의 본능을 따른다. 그러면서도 어느 맑은 날에는 머리를 감고 창가에 앉아 고향의 노래를 부른다. 홀리는 여러 얼굴을 지닌 여자지만, 거기엔 익숙한 얼굴도 있다.

　어려서 영화를 처음 보았을 때는 빗속에서 자기가 있을 곳을 찾은 세 사람―홀리, 폴, 고양이―의 결말에 안심했다. 어른이 되어 소설을 읽었을 때는 그런 환상적인 결말은 할리우드에만 있는 것임을 알고 약간 쓸쓸하기도 했다. 하지만 역시 어른은 후자가 현실에 더 가깝다는 것을 받아들인다. 우리는 항상 이 세상에서 자기 자리를 찾는다. 어디에 있을지도 모르고, 영원히 찾을 수 없을지도 모르는 곳. 결국 삶은 그 자리를 향한 길고 긴 여로, 거친 항해인 것만 같다. 그 길은 외롭고 가끔은 참을 수 없을 만큼 괴롭기도 하지만, 어느 맑은 아침 티파니의 빛나는 쇼윈도를 보면서 위안을 받아 다시 발길을 재촉한다. 우리가 이 세속적인 도시에서 살아야만 한다면 물질적인 욕망이 순수하게 종교적이 되는 순간이 있다. 《티파니에서 아침을》은 그런 속물성까지도 끌어안고 살아야 하는 도시의 사람들에게 하나의 안내서, 기도서 같은 책이다. 모두 홀리 골라이틀리와 함께 언제나 여행 중이지만, 언젠가는 환한 창가의 고양이처럼 자기 자리를 찾기를 바라며.

2013년 6월
박현주

트루먼 커포티 연보

1924 9월 30일 뉴올리언스에서 17세의 어머니 릴 매 포크와 세일즈맨 아버지 아출러스 퍼슨스 사이에서 트루먼 스트렉퍼스 퍼슨스라는 이름으로 출생.

1928 아버지가 사기죄로 수감되고 부모가 이혼하는 등 어린 시절 가정이 불안정하여 앨라배마 먼로빌에 있는 어머니의 친척집에 맡겨짐. 먼로빌에서 5년 정도 지내는 동안 커포티가 어린 시절의 진실한 친구로 표현하는 예순 살의 다정한 친척 '숙', 이웃집에 살던 하퍼 리(《앵무새 죽이기》의 작가) 등과 친하게 지냄. 이때의 기억은 〈어떤 크리스마스〉《다른 목소리, 다른 방》 등 여러 작품에서 묘사되고 있음.

1933 재혼한 어머니가 있는 뉴욕으로 가서 어머니와 쿠바 출신 사업가인 새아버지와 함께 살게 됨(커포티라는 성은 이 새아버지에게서 물려받음).

1935   뉴욕의 트리니티 스쿨에 입학. 그 후 학교를 옮겨 군대식 사립학교인 세인트 조지프 밀리터리 아카데미를 다님.

1939   코네티컷 주 그리니치로 이사해 그리니치 고등학교에 다니면서 학교 문예지인 〈그린 위치〉와 학교 신문에 글을 씀.

1942   뉴욕으로 다시 돌아와 명문 사립고인 프랭클린 스쿨에 입학. 높은 아이큐에도 불구하고, 문학과 작문을 제외한 모든 과목의 성적이 안 좋았음. 12월 즈음 문예지 《뉴요커》에 파트타임으로 작은 일자리를 얻어 사환으로 일하기 시작.

1943   프랭클린 스쿨 졸업. 대학 입학 대신 작가의 길을 가기로 마음을 굳히고 본격적으로 여러 편의 단편을 쓰기 시작함. 자신이 일하는 《뉴요커》를 통해 데뷔하고 싶어 했으나 몇 번의 좌절을 겪음.

1945   1월 《뉴요커》에서 개최한 시인 로버트 프로스트의 낭독회에서 사소한 문제를 일으켜 해고됨. 그해 6월 단편 〈미리엄〉이 처음으로 잡지 《마드무아젤》에 실리고, 이어서 10월 《하퍼스 바자》에 〈밤의 나무〉가, 12월 《마드무아젤》에 〈은화 단지〉가 실리면서 단번에 주목받는 신인 작가로 떠오름.

1948   《애틀랜틱 먼슬리》에 1947년 발표한 단편 〈마지막 문을 닫아라〉로 '오 헨리 상' 수상. 랜덤하우스에서 첫 장편 《다른 목소리, 다른 방》 출간. '전후 세대를 이끌어갈 스타 작가의 탄생'이라는 찬사를 받음. 이 소설은 9주 동안 〈뉴욕 타임스〉

베스트셀러에 오르며 2만 6천 부 이상 팔려, 스물네 살의 젊은 커포티에게 명성을 가져다줌. 특히 책 뒤표지에 실린 커포티의 사진은 소설만큼이나 사람들의 입에 오르내리며 그의 유명세를 형성하는 데 큰 역할을 함. 그해 가을, 동료 작가이자 평생의 동반자가 되는 잭 던피를 만남.

1949 그동안 발표한 작품들을 모은 단편집 《밤의 나무》 출간. 에드거 앨런 포, 윌리엄 포크너 등 남부 고딕 작가들의 후계자라는 평가를 받음. 훗날 커포티는 이 시기의 많은 작품들은 어린 시절 경험했던 불안과 공포의 감정을 반영하고 있다고 말함.

1950 1946~1950년 사이 잡지들에 발표한 여행기를 모은 책 《지방색》 출간.

1951 앨라배마에서 살던 어린 시절의 추억과 향수를 담은 경장편 《풀잎 하프》를 발표하면서 일찍 얻은 명성을 한층 더 공고히 함.

1952 《풀잎 하프》를 연극으로 각색(이후 1971년에는 뮤지컬로, 1995년에는 영화로 제작됨).

1953 존 허스튼 감독의 영화 〈비트 더 데블〉 각본 작업을 감독과 함께함.

1954 1월 커포티의 어머니가 다량의 수면제를 복용하고 사망함.

단편 〈꽃들의 집〉을 브로드웨이 뮤지컬로 개작.

1956 〈포기와 베스〉 순회공연 제작팀과 함께 소련 방문 중 《뉴요커》에 기고한 글들을 모은 에세이 《뮤즈들의 노랫소리》 발표.

1958 단편 〈꽃들의 집〉 〈다이아몬드 기타〉 〈크리스마스의 추억〉과 중편 〈티파니에서 아침을〉을 한 권으로 묶어 《티파니에서 아침을》 출간. 이 소설의 여주인공 홀리 골라이틀리는 커포티가 창조한 인물 중 가장 유명한 사람이 되었고, 소설가 노먼 메일러는 이 책을 보고 커포티를 "우리 세대 작가 중 가장 완벽한 작가"라고 평함. 이 작품은 1961년 오드리 헵번 주연의 동명 영화로도 만들어져 세계적 인기를 얻음.

1959 11월 〈뉴욕 타임스〉에 실린, 캔자스 주 홀컴에서의 일가족 살인 사건에 대한 짧은 기사를 읽고 논픽션 작품에 대한 영감을 얻어, 하퍼 리와 함께 직접 홀컴으로 가서 사건에 대해 면밀히 조사하기 시작.

1965 홀컴 일가족 살인 사건을 6년간 조사한 끝에, 커포티의 문학 경력에서 가장 성공작으로 평가받는 《인 콜드 블러드》를 《뉴요커》에 4회에 걸쳐 분재하기 시작. 커포티 본인이 '논픽션 소설'이라고 칭한 이 작품은 엄청난 호응과 센세이션을 불러일으킴.

1966 《인 콜드 블러드》 단행본으로 출간. 이 작품으로 에드거 앨런 포 상을 수상하고, 커다란 부와 명성을 얻음. 책의 성공

을 자축하기 위해 11월 28일 뉴욕의 플라자 호텔에서 가면무도회 개최. 당대의 유명 인사들이 한자리에 모인 이 파티는 1960년대의 '상징적 사건'으로 남음. 이후 한동안 유명 잡지와 텔레비전 토크쇼, 영화 〈5인의 탐정가〉에도 출연하며 스타 작가로서의 삶을 누림.

1973   여행 에세이와 개인적 스케치들을 엮은 《개들은 짖는다》 출간.

1975~1976   잡지 《에스콰이어》에 '응답받은 기도' 중 네 편(〈모하비 사막〉 〈라 코트 바스크, 1965〉 〈순수한 괴물〉 〈케이트 맥클라우드〉) 공개. '응답받은 기도'는 《인 콜드 블러드》처럼 커포티가 오랜 기간 기획했던 야심작으로, 또다시 '논픽션 소설' 기법을 써서 상류사회 부자와 유명인들 사이에서 살아가며 목격했던 사건들을 써내려 했던 책. 이 작품들이 발표되었을 때 은밀한 비밀이 폭로된 커포티의 부자 친구들은 격노했고, 결국 커포티는 한때 자신이 지배했던 사교계에서 추방당함(커포티는 '응답받은 기도'를 끝내지 못했고, 이는 결국 사후 1986년에 미완성작으로 출간됨).

1980   소설과 에세이를 모은 작품집 《카멜레온을 위한 음악》 출간.

1984   《인 콜드 블러드》 집필 당시 시작되어 오랜 기간 이어져온 알코올 중독과 약물 중독으로 8월 25일 로스앤젤레스에서 세상을 떠남.

옮긴이 **박현주**

고려대학교 영어영문학과 및 동 대학원을 졸업하고, 일리노이 주립대학교에서 언어학을 공부했다. 현재 전문 번역가 및 칼럼니스트로 활동 중이다. 옮긴 책으로는 제드 러벤펠드의 《살인의 해석》과 《죽음본능》, 페터 회의 《스밀라의 눈에 대한 감각》과 《경계에 선 아이들》, 마이클 온다치의 《잉글리시 페이션트》, 존 르 카레의 《영원한 친구》, 켄 브루언의 《런던 대로》, 찰스 부코스키의 《여자들》, 조 힐의 《뿔》, 레이먼드 챈들러 선집(전 6권), 도로시 L. 세이어즈의 《시체는 누구?》 《증인이 너무 많다》 《맹독》 《탐정은 어떻게 진화했는가》 등이 있으며, 지은 책으로는 에세이집 《로맨스 약국》이 있다.

티파니에서 아침을

초판 1쇄 발행일 2013년 6월 24일
초판 5쇄 발행일 2021년 10월 15일

지은이 트루먼 커포티
옮긴이 박현주

발행인 박헌용, 윤호권
발행처 ㈜시공사 **주소** 서울시 성동구 상원1길 22, 6-8층(우편번호 04779)
대표전화 02-3486-6877 **팩스(주문)** 02-585-1247
홈페이지 www.sigongsa.com / www.sigongjunior.com

이 책의 출판권은 (주)시공사에 있습니다. 저작권법에 의해
한국 내에서 보호받는 저작물이므로 무단 전재와 무단 복제를 금합니다.

ISBN 978-89-527-6922-0 04840
ISBN 978-89-527-6919-0 (세트)

*시공사는 시공간을 넘는 무한한 콘텐츠 세상을 만듭니다.
*시공사는 더 나은 내일을 함께 만들 여러분의 소중한 의견을 기다립니다.
*잘못 만들어진 책은 구입하신 곳에서 바꾸어 드립니다.